AF177170

Für Freya

*Ich habe mir lange Zeit darüber Gedanken gemacht, was
nun wirklich das „Wichtigste" im Leben ist
und bin erst jetzt zu einem endgültigen Entschluss
für mich persönlich gekommen.
Das Schreiben dieses Buches war ein langer und teilweise
harter Prozess. Wenn ich an die vergangenen Jahre denke,
fühle ich viel Freude, Glück, aber auch Trauer.
Meine Wegbegleiter waren und sind das Wichtigste
auf dieser Reise- ohne ihnen wäre das Werk niemals zu
Stande gekommen. Sie glaubten stets an mich, auch dann
als ich meine Nerven verlor und aufgeben wollte.
Ich kann mich nicht auf Namen beschränken, doch müsste
ich es würde ich besonderen Dank an Nadja Kohlberger
und Tanja Wakolbinger schenken.*

*Nichts desto trotz widme ich dieses Buch Freya, die mein
Leben veränderte und mir zugleich das Herz brach, als sie
unsere Welt verließ. Du mögest in Friede ruhen, bis wir
wieder zusammenfinden werden, in Liebe,*

Die Autorin

LOS

© 2016 Lisa Nimmervoll
Umschlag, Illustration: Lisa Nimmervoll
Buchillustrationen: Nadja Kohlberger
Lektorat, Korrektorat: Christian Nimmervoll
Verlag: tredition GmbH, Hamburg
In Koorperation mit FGraphics

ISBN:
Paperback   978-3-7345-9026-9
Hardcover   978-3-7345-9027-6
e-Book   978-3-7345-9028-3
Printed in Germany

Besonderen Dank auch an Monika & Christian Nimmervoll. Auch den vielen ungeschriebenen Namen möchte ich größten Dank aussprechen, denn niemand mir Bekannter spielt keine Rolle auf den folgenden Seiten.

Würdest du laufen, wenn du könntest?

Würdest du um dein Leben kämpfen oder lieber qualvoll zugrunde gehen? Und wie lange musst du dir diese Fragen noch stellen, um endlich zu begreifen, dass du machtlos gegen deine Gefühle bist?

Unsere Gefühle beeinflussen unser Handeln, unser Dasein und unsere Existenz. Es sind viele Fragen, die wir nicht beantworten können. Es gibt vieles, für das wir nie eine Lösung finden werden und das uns doch vorantreibt. Der Antrieb ist unser Verstand, gleichwohl wir durch diesen unversehens zu Monstern werden.

Es ist menschlich, emotional zu sein und es ist menschlich, die Nerven zu verlieren, sich selbst zu verlieren. Doch wenn ein Mensch seine Menschlichkeit verdrängt, diese verliert, dann wird er zu einer Maschine. Jeder sollte wissen, was in seiner Macht steht und was außerhalb seines Bereichs liegt, denn wenn dies nicht der Fall ist, entsteht Größenwahn, etwas, mit dem sich die Menschheit bereits mehr als genug identifizierte. Es gibt so vieles, das geändert werden könnte und einfach nicht wird, aus Angst.

Da sind so viele Menschen, die Tag für Tag um das Überleben kämpfen müssen und trotzdem werden sie nicht bemerkt. Jeder verschließt nur die Augen, weil keiner den Schmerz ertragen will und doch ist es genau dieser Schmerz, der uns zu Helden macht. Also ist es nicht der Verstand, wie so viele glauben.

Es ist das Herz, die Liebe, die Furcht und der Schmerz. Auch der Hass macht uns zu dem, was wir sind. Doch wenn sich die Menschheit davor fürchtet, zu fühlen, dann wird das ganze System, das nicht existieren dürfte, teuflisch. Manchmal frage ich mich, warum nicht alles so sein kann, wie es einmal war. Es gab Kriege, es gab Leid und doch gab es Versöhnung und Zivilcourage. Die Kriege wurden geführt und beendet von Menschen, nicht von Maschinen. Vor allem wussten die Menschen, was Verlust bedeutete.

Ich selbst verlor bereits sehr viele Menschen, die mir nahestanden und trotzdem wäre ich noch nie so weit gegangen einfach abzuschalten und die Augen zu verschließen – auch wenn die Versuchung, der Einfachheit halber, groß ist.

Das Leben wirkt sehr viel leichter ohne Emotionen, ohne Schmerz und Verzweiflung. Doch das Ende der Gefühle bedeutet auch das Ende der Freude und des Glückes. Es wäre für mich nicht möglich, es wäre keine Lösung. Es wäre ein Fluchtweg, ein Notausgang der Wahrheit, der einen in die tiefsten Abgründe führen würde.

Ich lebe und ich will leben. Das bedeutet auch die Last der Menschlichkeit zu tragen. Ich liebe es zu fühlen, zu lieben und vor allem zu leben.

Die Menschheit hat kein Vertrauen mehr. Freundschaften existieren nicht mehr. Wenn du nicht im Stande dazu bist jemanden zu verlieren, wie kannst du dann im Stande dazu sein, jemanden zu lieben?

Es gibt keine Lösung.
Nur Fluchtwege.

Die Zeit ist uns vorangeschritten, niemand kann mehr mithalten. Durch das neue Regierungssystem gibt es kaum mehr Möglichkeiten, nur noch das Treiben mit der Masse.

Jede Person hat zwei banale Möglichkeiten,

entweder du schließt dich dem System an, du verlierst alles, deine Identität wird dir vollständig gestohlen oder du riskierst, tauchst unter und kämpfst auf eigene Faust für die Freiheit.

Wählst du das Letztere, ist der Beschluss endgültig. Du musst dich durch dein eigenes Leben kämpfen und die Angst wird dich verfolgen, wie dein Schatten.

Jeder Kampf fordert Verluste, doch der Hinblick auf den Sieg ist das was zählt. Es ist die Lust am Leben, es ist der Geruch von Holz und der Geschmack von Wasser.

Das Leben ist keine Qual, auch heute nicht. Es ist ein Geschenk, das man niemand leichtfertig wegwerfen sollte, schon gar nicht als Opfergabe des Fortschritts.

Das System hat mehr als die Hälfte der Weltbevölkerung im Griff. Entscheidest du dich einmal dafür, lässt es dich nie mehr los. Es lässt dich glauben, du würdest ohne es nicht mehr überleben können, nicht mehr existieren. Das Einzige, das du noch fühlst, ist das Verlangen nach der Zugehörigkeit, nach dem Regime.

Vor etwa 50 Jahren begann das Programm zu fruchten. Die Menschen waren verzweifelt. Alle Länder in Europa, das Vereinigte Königreich und Amerika hatten endlose Schulden. Präsidenten und Regierungsbeamte wussten keine Lösungen. Jahrelang wurde versucht durch Einsparungen in allen Lebenssparten die Kassen der Länder zu füllen, doch der Gewinn war zu niedrig.

Es war nur ein Wassertropfen, der auf einen heißen Stein traf. Kein einzelner Grashalm konnte den

Magen einer Kuh füllen. Eine unangebrachte, doch durchaus zutreffende Metapher für unser Land.

Nach einer Weile wurden Altenheime und Kindergärten aufgelöst, Arbeitszeiten von Angestellten verlängert und Gehälter gekürzt.

Der Wert des Geldes verringerte sich dramatisch, das alte System schien zusammenzubrechen und das europäische Parlament ging darunter zu Grunde. Die weitere Entwicklung der Union und auch die Existenz des ganzen Gremiums standen auf dem Spiel. In Folge der unglücklichen Umstände spitzte sich die Lage immer weiter zu und kippte in ein Schreckensbild über. Es entstand ein Programm, das effizienter war als alles andere auf dieser Welt.

Die Neue Ordnung.

Die Neue Ordnung ist die totale Abhängigkeit und Kontrolle durch eine kleine Elite, die das Gegenteil von Freiheit bedeutete. Die Folgen sind die Ausbeutung der Masse und aggressive Methoden zur Machterhaltung und – erlangung.

Um den Inhalt der europäischen und amerikanischen Gründungsverträge zu verändern, mussten die Mitgliedstaaten neue Verträge abschließen.

Als Zusammenschluss der Staaten stellen nun die europäische Union, sowie der Rest der Welt, ein politisches Gebilde dar, das es in dieser Form zuvor noch niemals gegeben hat. Bereits in der Entstehungsphase wurden die Unterschiede zum alten System klar ersichtlich.

Der neue Vertrag wurde 2040 in Brüssel und 2041 in Luxemburg sowie im Pentagon, Washington D.C. unterzeichnet. Die Entmachtung der Regierungen und die Bildung einer neuen Form waren somit perfekt und dem Wandel der Zeit stand nichts mehr im Weg.

Diese Revolution ging einher mit der massiven Enteignung der Bevölkerung. Das Geldsystem war wie ein Kartenhaus, ohnehin instabil, und der Einsturz war vorherzusehen. Freiheitlich handelnde Demokraten wurden verfolgt und getötet. Den Entwicklungen zufolge stand all das an erster Stelle, um den

Machterhalt zu ermöglichen und um den Organisatoren hohe Gewinne zu sichern.

Ein wesentlicher Schritt zur Kontrolle war die Veränderung der Währung und des Bankenwesens.

Die berühmte Rede eines korrupten Politikers im Jahr 2042, beinhaltete folgende Worte: „Gebt mir die Kontrolle über die Währung eines Landes, dann ist es mir egal, wer dort die Gesetze macht. Erst durch die unbegrenzte Vergabe von Krediten an Staaten und die damit verbundene Verschuldung wird die gezielte Einleitung von Krisen möglich."

Kapital wurde als Gott angesehen, alle anderen Werte fielen dahinter weg. Die Welt wurde demnach gleichgeschaltet – nationale, kulturelle und religiöse Eigenarten unterbunden. Der familiäre Zusammenhalt wurde entwurzelt, bis hin zu einem auf Konsum und Spaß verzichtenden Individuum. Alle, die sich nicht daran hielten, zählten zu den überflüssigen, unproduktiven Menschen und werden bis heute verfolgt. Nur einige wenige stellten sich gegen die

Landmächte und überlebten. Wir alle leben in bisher unentdeckten und verfallenen Gebieten, die von der Menschheit in den Städten vergessen wurden.

Heute schreiben wir den 4. Dezember im Jahr 2083. Wie fast an jedem Tag regnete es in Strömen und eine dichte Schicht Nebel lag über dem Boden.

Gespannt las ich die ersten Einträge. Dieses Tagebuch auf dem Dachboden zu finden, war pures Glück.
Meine Großmutter starb vor einigen Jahren. Niemand sprach gerne über sie. Die einzigen Worte, die über jedermanns Lippen kamen, waren erstickend: „Sie war verrückt, eine Närrin."

Doch dies konnte ich noch nie glauben. Welche Gründe sollte es geben, so etwas zu sagen und was sollte sie verbrochen haben? Ich legte mich erneut auf mein Bett und las weiter.

Ich öffnete langsam meine Augen und starrte auf den alten Deckenventilator über unserem Bett. Immer mehr Regentropfen schienen durch das alte Holzdach zu sickern, trotzdem zauberte jeder neue Morgen ein Lächeln in mein Gesicht. Wir waren immer noch wir selbst, das war das größte Geschenk auf dieser Erde.

„Guten Morgen", flüsterte ich Paul zu, in der Hoffnung, er würde sofort darauf reagieren. Doch er rührte sich nicht.

Jeden Morgen war es derselbe klagende Schrei, der mir unsere widrigen Umstände verdeutlichte – der Schrei unserer Nachbarin. Sie war schwer krank, nur noch ihre übliche Dosis verschiedenster Medikamente ließ sie weiterkämpfen. Es schien ein ewig währender Kampf zu sein. Die Lage besserte sich nicht und uns fehlten die notwendigen Geräte, um eine Operation durchzuführen.

Durch einen Schusswechsel, vor einigen Monaten, wurde ihr Bein schwer verletzt. Von da an war klar, dass sie nie mehr wieder laufen können würde. Wir mussten ihr Bein abnehmen, in der Hoffnung eine Infektion zu vermeiden.

Wochen verstrichen, doch je mehr Zeit verging, desto größer wurde ihr Leid. Mittlerweile konnte sie sich kaum mehr bewegen, sie wurde ein Pflegefall in einer ungünstigen Zeit.

Elli hatte einen 17 – jährigen Sohn, der ihr jeden Tag Tabletten besorgte. Er spielte mit seinem Leben, um das Leben seiner Mutter wenigstens Tage zu verlängern.

Müde stellte ich meine Beine auf den alten Teppichboden und wusch mir im Badezimmer das Gesicht. Der Wasserhahn tropfte bereits, als wir das Haus entdeckt hatten, doch er war immer noch besser als nichts.

Ich füllte einen Kübel mit kaltem Wasser und nahm ein Tuch. Langsam torkelte ich in Ellis Wohnung.

Ich zog einen alten Holzstuhl an ihr Bett und setzte mich. Vorsichtig legte ich meine Hand auf ihre Stirn, die bereits glühend heiß war.

„Elli. Ich bin hier", flüsterte ich heiser. Sorgfältig drückte ich das Tuch aus und legte es auf ihr Gesicht, um ihre Temperatur leicht zu senken. Nach ein paar Minuten schien sie darauf anzusprechen und beruhigte sich. Ihre Krämpfe lösten sich, sie schien zu lächeln.

Es machte mir Freude, Menschen helfen zu können. Mein Leben lang wollte ich Krankenschwester werden, doch die Ausbildung wird uns, Aussätzigen der Neuen Ordnung, verwehrt. Trotzdem verbrachte ich meine Zeit mit dem Pflegen von Personen, die dringend Hilfe brauchten und sie nicht bekamen.

Ich versuchte Elli und ihren Sohn zu unterstützen soweit es möglich war, doch ich konnte ihnen die Last nicht vollständig abnehmen. Das stand nicht in meiner Macht.

Die Welt selbst ist nie ungerecht. Alles geschieht, wann es geschehen sollte. Doch wenn ein System dieses Geschehen beeinflusst, dann wird die Welt ungerecht. Elli war erst 38 Jahre alt. Es war nie ihr Schicksal, leidend in einem Bett liegen zu müssen.

Leise Schritte rissen mich aus meinen Gedanken. „Danke", seufzte eine rauchige Stimme hinter mir. Es war Jakob, ihr Sohn.

Ich faltete das feuchte Tuch zusammen und nickte. „Sag mir Bescheid, wenn ihr etwas braucht", sagte ich leise und klopfte ihm aufmunternd auf die Schulter, bevor ich hinzufügte, „wenn sich ihr Zustand nicht bald verbessert, wird sie nicht mehr lange durchhalten. Es tut mir so leid."

Der Gang war kahl. Nägel waren fest in den Wänden verankert, doch die Bilder dazu fehlten. Viel zu oft versuchte ich mir das Haus in seiner Blütezeit vorzustellen, bevor die Neue Ordnung unsere Welt regierte.

Paul stand bereits im Türrahmen und sah mich freundlich an. „Hey...", flüsterte ich und stellte den Eimer erschöpft ab. Voller Freude fiel ich um seinen Hals und küsste ihn leidenschaftlich. Er zog mich fest an sich und erwiderte meinen Kuss.

Es war ein wundervolles Gefühl, jeden Morgen neben dem Menschen aufzuwachen, den man liebte. Es ist Glück, diese Person täglich in den Arm schließen zu können und zumindest für den Moment sorglos zu sein. Niemand wusste, wie lange wir noch Zeit haben würden, wie lange es uns noch vergönnt wäre.

Die Liebe lässt die Menschen der Dörfer nicht verzweifeln, sie lässt sie kämpfen, um all das, was ihnen wichtig ist. Die meisten von uns sind keine Einzelkämpfer. Sie würden eher füreinander sterben, als noch mehr Leid zu verbreiten und das ohne Gegenleistung und ohne Beweise.

Ich versank in meinen Gedanken. Wie ein Hirngespinst nistete sich diese perverse Vorstellung in meinem Kopf ein, Paul eines Tages zu verlieren. Wie lange würden wir noch haben?

Ich wollte ihn niemals wieder loslassen. Seine Wärme, seine Anwesenheit täglich zu spüren, war meine ganz persönliche Droge. Er küsste mich sanft auf die Stirn und strich durch mein Haar.

Seine braunen Augen waren perfekt. Das kantige Gesicht wurde von einer dunkelbraunen, dichten Mähne umrahmt. Er war wunderschön.

Mein Blick schweifte über das nahegelegene Fenster. Der Flur des Hauses lag ruhig da, nur das leise Tropfen des Wasserhahns durchbrach die Stille. Ich schloss meine Augen und atmete stark aus, nur für einen kurzen, kostbaren Moment.

Als die Geldentwertung ihren Lauf nahm, hatten die Menschen nur noch das Nötigste. Es war gerade genug da, um zu überleben. Nur die Reichsten unter uns lebten nach wie vor im Wohlstand. Man konnte nicht mehr von einer Schere zwischen Arm und Reich sprechen, da diese bereits viel zu groß war.

Nachdem sich die Ordnung bildete, waren die Menschen fasziniert von einer solch einfachen Welt. Jeder würde einen Job bekommen, mit dem er sich alles leisten könnte, was er wollte.

Niemand hinterfragte, was es kosten würde, sich dem System anzuschließen. Vor Sorgen waren die Menschen blind geworden.

Langsam aber sicher wurde die Gesellschaft zu Leistungen gedrängt. Familien und alle sozialen Aspekte wurden ausgelöscht. Es war nach einigen Jahren bereits, als hätten diese niemals existiert. So bildete sich die Neue Ordnung.

„Wir haben heute vieles vor", sagte Paul leise und ließ mich los. Nach einer Pause fügte er lachend hinzu: „Also zieh dich besser an."

Eine Sekunde später öffnete er sämtliche Fenster, um die Etage durchzulüften. Er kam plötzlich auf mich zu und hob mich hoch. Wir drehten uns einige Male um unsere eigene Achse, wobei mein Lachen vermutlich durch das ganze Gebäude hallte. Langsam ließ er mich wieder auf den Boden sinken und strich erneut durch mein verknotetes Haar.

Eilig befreite ich mich aus seinem Griff und ging zu meinem Kleiderschrank.

Ich konnte es kaum erwarten, endlich etwas mit ihm unternehmen zu können. Ich zog mir eine kurze Hose und ein langes, weißes Top über. Zähne putzend versuchte ich meine Haare zu entknoten und mich einigermaßen zu waschen.

Ein Spiegel zierte unsere Badezimmerwand. Er war längst zerbrochen, trotzdem brachten wir es nie übers Herz, ihn wegzugeben. Die Splitter lagen, seit meinem Einzug verteilt im Raum.

Er war vermutlich aus dem 14. Jahrhundert. Eine Zeit, die längst von unserer Generation vergessen wurde.

Die frühere Bedeutung von dem Rundspiegel zeichnet sich in einem Mythos ab. Die Menschen dachten, dass dieser Konvexspiegel sie vor Hexen und sonstigem Übernatürlichen schützen würde, zudem würde der Spiegel den Blickwinkel des Betrachters vergrößern.

„Können wir gehen?", fragte Paul hoffnungsvoll. „Was haben wir vor?", entgegnete ich aufgebracht.

Er gab mir keine Antwort, grinste nur. Draußen hatte sich das schlechte Wetter verzogen und es schien die Sonne. Der Himmel erstrahlte in einem grellen Blauton. Ich atmete die frische Luft tief in meine Lunge ein, bis mich schließlich die Wahrheit einholte.

Die Straße war verunreinigt und die meisten Menschen lagen auf dem alten Gehsteig in ihren selbstgebauten Unterschlüpfen aus Plastik und Papierresten. An einigen Häusern kroch Efeu empor und ein einsamer Kirschbaum stand auf einem alten Parkplatz. Er blühte weiß und duftete bis an das andere Straßenende.

Wir eilten die Gasse hinunter, bis wir den Beginn eines kleinen Forstweges erreichten. Einige Meter weiter begann ein dichter Wald, der hauptsächlich aus Laubbäumen bestand.

Die Sonne durchbrach die Blätter und einige Strahlen erreichten den Boden. Es roch nach frischem Holz und die Luft wurde mit jedem Meter, den wir uns von dem Dorf entfernten, klarer. Die Gefahr war hinter jedem Baum zu vermuten, doch in unserer Zeit war es normal, in Angst zu leben.

Es war Alltag, auf der Hut sein zu müssen, sobald man sein Haus verließ. Doch man gewöhnte sich daran. Oft hielten sich in Regionen wie dieser Plünderer und Gesetzlose auf, die über jeden Menschen herfielen, der ihnen in die Quere kam.

Nach einem längeren Fußweg erblickten wir einen schmalen Fluss, dem wir eine Weile folgten. Das Rauschen nahm mit jedem Schritt zu, als ob uns mehrere Bäche umschließen würden. Auch die Feuchtigkeit nahm zu.

Ich fragte mich, wohin er mich führen würde. Nach weiteren Metern bot sich mir ein Anblick, der schöner war, als alle meine bisherigen Erfahrungen. Der Augenblick war perfekt, er war vollkommen.

Ein Wasserfall stürzte einige Meter entfernt in die Tiefe hinab. Das Wasser glitzerte, jeder Sonnenstrahl reflektierte tausende Tropfen. Es wurde ein regelrechter Vorhang gebildet, der eine Traumwelt zu verschließen schien. Das Wasser war kristallklar und der sandig – braune Boden schien verschwommen an die Oberfläche.

Der kleine See inmitten des Waldes wurde von einem Feld aus groben Steinen umringt. Der Übergang des Kieses in den Sand war fließend. Einige Fische wirbelten den Schlamm auf und umkreisten kleine Wasserrosen, deren Blüten sich am Tageslicht erfreuten.

Es war unglaublich. Nur einige Meter weiter links würden mir die Bäume den Blick in diese wunderbare Welt rauben. Der Ort schien magisch zu sein, so versteckt und doch so anmutig inmitten der Dunkelheit des Waldes. Ich musste blinzeln, dachte, ich wäre nicht ganz bei Sinnen gewesen, doch es war Realität.

Im nächsten Moment packten mich kräftige Arme. Paul nahm mich hoch und ging vorsichtig,

Schritt für Schritt in das unbekannte Gewässer hinein. Ich konnte nicht anders als zu lächeln und schlagartig bemerkte ich, wie mir das Blut in mein Gesicht schoss. Es war mir unangenehm so getragen zu werden.

Das Wasser hatte eine angenehme Wärme und schmiegte sich langsam an unsere Körper.

Langsam löste er seinen Griff, doch ich klammerte mich wie ein kleines Äffchen an seinen Schultern fest.

Meine panische Angst vor Wasser konnte ich noch nie überwinden, nicht einmal mit seiner Hilfe. Schon als ich ein kleines Kind war, ließ mich genau diese eine Frage erschaudern – was würde sich unter meinen Beinen in der Dunkelheit verbergen? Es gibt Lebewesen, von denen wir nichts wissen und da ist die Angst vor dem, was wir nicht kennen.

Ein See schien ein tiefes, unergründbares Loch zu sein, in das man langsam sank. Es war voll mit Ungewissheit. Wasser schmiegt sich um dich und macht dich unbeweglich. Sobald es den Weg in dich gefunden hat, verschlingt es dich.

Meine Kontrollsucht hatte mich fest im Griff und die Frage „was wäre wenn" beherrscht beinahe mein gesamtes Leben. Ich bewunderte jede Person, die ohne das Gefühl der vollkommenen Machtlosigkeit in einen See springen konnte.

Ganz langsam realisierte ich die Situation, in der ich mich befand. Ich zitterte am ganzen Leib.

Ich verspürte keinen Halt mehr und mein Herz schien zu rasen. Mein Atem gefror und die Dunkelheit um mich herum nahm zu. Im Gefängnis meiner eigenen Gedanken nahm ich einen sanften, dennoch fordernden Druck wahr.

Sein Kuss ließ mich vom Thema abschweifen, wenn auch nur für kurze Zeit. Ich versuchte mit aller Kraft ihm zu vertrauen und ließ mich in seine Arme fallen. Die Sonne bestrahlte das Wasser und der Himmel war klarer denn je. Ich schloss meine Augen, in der Hoffnung, nicht die Beherrschung zu verlieren.

Doch was ich auch versuchte, es blieb ohne Erfolg. Ich fühlte mich nicht sicher. Etwas Vergangenes, ein Albtraum, drängte sich in mein Unterbewusstsein.

Ich war alleine und wachte auf einem hölzernen Boot auf. Ich wusste nicht, wie ich dort gelandet war, auch wusste ich nicht, was ich hier verloren hatte.

Ich hörte das Lachen eines kleinen Mädchens, doch ich sah sie nirgendwo. Das Geräusch der an den Bootswänden brechenden Wellen hallte durch die Stille.

Meine Ohren nahmen alles bewusst wahr. Doch meine anderen Sinne waren betäubt vor Angst. Ich konnte weder Bild noch Ton der Umgebung und der Situation zuordnen. Nach einiger Zeit realisierte ich meinen Aufenthaltsort.

Ich trieb einsam im Wasser, in einem kleinen Boot. Ich begann zu zittern, um mich herum war alles schwarz. Die Nacht umfasste meine Seele. Mit zittrigen Händen griff ich nach der Bande.

Ich wollte das Mädchen finden, das mit mir an Bord war, doch ich konnte es nach wie vor nicht sehen. Als ich die Bande ertastete, verlor ich den Halt und stürzte in die Tiefe.

Ich konnte mich nicht mehr bewegen und fiel zu Boden wie ein Stein. Ich fühlte mich verloren, kraftlos und wusste, es war vorbei. Ohne zu schreien gab ich

auf, nur die einzelnen Tränen lösten sich von mir und
vermischten sich mit dem Tod.
Das Letzte, das ich sah war ein Kind. Es fiel mit mir
zu Boden, wie ein Stein.

Paul tätschelte mich sanft, bis ich eine Reaktion zeigte. Er sah mich verwirrt an. Ich war nicht in der Lage, etwas zu sagen, mein Kiefer sperrte sich. Mit einigen wenigen Schwimmbewegungen erreichte ich das Land und eine schwere Last fiel von mir ab. Der Boden unter meinen Beinen schien wie das größte Geschenk auf Erden.

„Es tut mir leid, ich hätte es besser wissen müssen." Ohne darauf zu antworten strich ich zittrig über seine Wangenknochen. Er hatte keine Schuld.

Später kletterten wir die Felswand empor. Ein wunderschöner Sonnenuntergang in allen möglichen Rottönen beanspruchte nun den Himmel für sich. Der Wald, in dem wir uns befanden, schien unendliche Weiten zu besitzen. Weit in der Ferne war unser Dorf zu erkennen. Hinter uns stürzte ein weiterer, etwas kleinerer Wasserfall in die Tiefe, der im Abendrot schimmerte.

Nichts konnte so schön sein wie die Natur, es war unglaublich, dass manche Menschen dazu im Stande waren, dieses Wunder kaltblütig zu zerstören.

„Gefällt es dir?" „Ich kann es nicht fassen...", antwortete ich atemlos. Wir blieben, bis die Sonne hinter den Bergen verschwand und die Dämmerung schlussendlich zum Zug kam. Der Rückweg war lange, doch dieser Ort war es wert gewesen.

Langsam holte uns die Dunkelheit ein und ließ uns zu Schatten werden. Doch nicht nur wir wurden unsichtbar, jeder hatte nun die Möglichkeit, Schaden anzurichten, ohne Spuren zu hinterlassen. Die Nacht war nicht sicher.

Nur noch vereinzelt trafen Mondstrahlen durch das Blätterdach auf den lehmigen Boden. Unser Tempo erhöhte sich und Paul packte fest mein Handgelenk, um mich nicht zu verlieren.

Plötzlich gaben meine Beine nach und der Untergrund schien sich mir zu nähern. Reflexartig drückte ich die Hände vor mein Gesicht, um mich nicht zu verletzen. Ächzend unterdrückte ich den aufkommenden Schmerz und rappelte mich wieder auf. Stützend griff mir mein Begleiter unter die Schulter, bevor es weiterging.

All der eindringende Sauerstoff ließ mich immer lauter ächzen. Als wir die Straße unserer Siedlung erreichten, stand der Mond bereits hoch über den Häusern.

Paul schob mich hinter seinen Rücken, um mich vor neugierigen Blicken obdachloser Menschen und Verbrecher zu schützen.

Zwar war dies unser Alltag, trotzdem ließ die Angst niemals nach. Menschen sind immer unberechenbar, egal wie sehr du sie zu kennen glaubst. Ich griff in meine Hosentasche und erfühlte mein altes Klappmesser. Ohne es loszulassen, gingen wir die Straße weiter hinauf.

„Na Püppchen, Lust auf eine Nacht im Paradies?", schrie jemand aus einer Seitengasse hervor, ein anderer sah mich blinzelnd an und holte eine Pistole heraus, um sie, wie es schien, nachzuladen.

Es war erdrückend, je stiller es wurde, desto gefährlicher wurde es. Der Weg zu unserer Wohnung schien sich mit jedem Schritt zu verlängern. Ich versuchte mich ruhig gegenüber der Außenwelt zu präsentieren, obwohl es mich innerlich zerriss.

Nach weiteren Minuten betraten wir das Haus. Der Abend war wie jeder andere auch. Ich kochte, wir aßen gemeinsam und legten uns schlafen. „Wann werden wir uns wohl wehren?", fragte ich vorsichtig. „Vermutlich nie. Wir sollten die Zeit, die uns noch zusteht, genießen. Niemand weiß, was wir in Zukunft durchmachen müssen."

„Es gibt einen Ausweg aus dieser fatalen Regierung. Ohne es wenigstens zu versuchen, werden wir alle scheitern", entgegnete ich.

Er antwortete nicht mehr. Tief in seinem Herzen hatte er Angst, Angst vor dem Tod und vor dem Leben. Er versuchte sich selbst zu schützen, doch merkte nicht, dass er dadurch auch blind für all das Schöne auf dieser Welt wurde.

Langsam stumpfte er ab und wurde auch zu einer Maschine, die einfach akzeptiert und ausführt, ohne zu hinterfragen. Diese Begebenheit machte mir Sorgen, doch es war offensichtlich, dass er zu akzeptieren begann.

„Versuche zu schlafen", sagte er schließlich und drehte das Licht ab. Ich wusste nicht warum, doch Tränen liefen über meine Wangen. So weinte ich mich in den Schlaf.

Mein Kopf schien zu platzen. Als ich meine Augen öffnete, blendete mich die bereits aufgegangene Sonne. Es war früher Morgen, zu früh. Ich brauchte einige Minuten, bis ich meine Gedanken geordnet hatte. Doch im selben Moment zuckte ich zusammen.

Die Schreie waren ohrenbetäubend. Schüsse hallten durch die Straße. Das Klirren von Fensterscheiben und das Brechen von Knochen waren unüberhörbar. Ich versuchte bei klarem Verstand zu bleiben, doch das Nächste, das ich realisierte, ließ mich erschaudern.

Neben mir war Leere. Paul lag nicht im Bett. Auf das Schlimmste gefasst, suchten meine Blicke den Raum nach ihm ab.

„Hey", sagte jemand leise. Obwohl ich die Stimme deutlich erkannte, erschrak ich und wirbelte um mich. Mein Herz klopfte, als ob ich einen Sturz von einer Brücke erlitten hätte. Paul stand nachdenklich vor einem der abgedunkelten Fenster und sah mich stirnrunzelnd an.

„Gott sei Dank bist du hier...", flüsterte ich und versuchte den folgenden Worten Nachdruck zu verleihen, „Was geht da draußen vor?"

Sein Blick erstarrte. In der nächsten Sekunde schob er den bodenlangen Vorhang erneut vor. Er kam auf mich zu und setzte sich neben mich. „Die Gewalt auf den Straßen steigt ständig an. Es wird nicht mehr allzu lange dauern, bis sie uns entdecken werden." Ich richtete mich auf und strich über sein Gesicht.

Kurze Zeit hielt ich inne, um die richtigen Worte zu finden: „Es zählt nur das Hier und Jetzt." Er wandte sein Gesicht von mir ab und starrte auf den alten Holzboden. „Sieh mich an", forderte ich etwas lauter, „Wenn es so weit ist, dann werden wir uns zu wehren wissen. Das verspreche ich dir."

Ich stieg aus dem Bett und zog mich schnell an. Ich wagte keinen Blick aus dem Fenster, zu oft schon sah ich die ungeheure Brutalität. Zudem war das Resultat immer dasselbe. Die Menschen kämpfen um nichts, denn sie hatten nichts. Es war mehr ihr Zeitvertreib.

Zu töten war genauso selbstverständlich, wie zu leben. Wir lebten in einer perversen Zeit. Reue, Friede und Barmherzigkeit waren Wörter, die sich uns entfremdeten.

Als ich zurück in das Zimmer kam, saß Paul immer noch am selben Platz wie zuvor. Ihm setzten der Schmerz und das Elend am meisten zu.

Vor einigen Jahren fand ich ein altes Foto auf dem er mit anderen Kindern abgebildet war. Neben ihm standen zwei Buben und ein kleines Mädchen. Er schien darauf glücklich zu sein, denn er strahlte bis über beide Ohren hinweg.

Als ich ihn schließlich fragte, wer diese Personen seien, wurde er aggressiv und riss das Bild an sich. Ich wurde neugierig und fand etwas später eine Aufschrift auf der Rückseite des Bildes.

Für meinen kleinen Jungen,
damit die Vergangenheit trotz der Umstände niemals
in Vergessenheit geraten wird.
Pass darauf auf,
in Liebe.

Von da an war klar, dass ihn ein Ereignis in seinem Leben sehr geprägt haben musste. Seine psychischen Verletzungen waren an jedem Tag zu spüren, doch an Tagen wie diesen waren sie zu sehen. Zu oft hatte ich ihn danach gefragt, doch er antwortete immer nur, dass es ihm gut ginge und dass seine Geschichten wertlos seien, genau wie seine Vergangenheit. Die meisten Sorgen bereitete mir allerdings, dass ich ihm nicht helfen konnte.

Ich brachte ihm ein Glas Wasser und setzte mich neben ihn. Lange Zeit sah ich ihm dabei zu, wie er mit den Tränen kämpfte. Ich wusste nicht, was ich sagen hätte sollen, bis schließlich die Schüsse verstummten und die gewohnte Ruhe einsetzte.

Meine Eltern hatten mich verlassen, als ich noch nicht einmal zehn Jahre alt war. Eine entfernte

Tante nahm mich auf und zog mich groß, bis sie im hohen Alter starb. Mit 19 Jahren suchte ich mir meinen eigenen Weg, wodurch ich auf Paul und diese Wohnung stieß.

Ich bereute nichts von dem, was ich bisher getan hatte. Es wandte sich alles zum Guten. Doch trotzdem dachte ich oft über meine Familie nach, wie es wohl wäre, wenn sie noch hier wären. Der Schmerz des Verlustes war ein lebenslanger Begleiter.
Man zerbrach innerlich und nichts auf dieser Welt konnte diese Wunden heilen.

Der restliche Tag gestaltete sich normal. Ich suchte meine Patienten auf und Paul versuchte Lebensmittel anzuschaffen. Von einem richtigen Wohlstand konnte man nicht sprechen, denn es war niemals mehr als das Nötigste. Doch es war uns wenigstens möglich, uns zu verpflegen, ohne stehlen zu müssen.

Die Situation bei uns Aussätzigen war nicht einfach. Es gab keine Jobs mehr. Jeder musste selbst einen Weg finden, sich über Wasser zu halten. Geld existierte in den Dörfern kaum mehr. Es hätte auch keinen Sinn, niemand wusste etwas damit anzufangen.

Es war mehr eine Tauschgesellschaft, die sich stark bewährte. Was man nicht mehr benötigte, wurde getauscht und somit gegen andere Güter vermittelt. Jeder hatte nur das Nötigste.

Die meisten Menschen gaben mir alte Decken oder andere Dinge, die sie bei sich hatten und die von einigermaßen großem Wert waren. Es waren nützliche Gegenstände. Ich verband das Helfen nie mit Reichtum oder Macht, es war immer mehr ein Privileg, eine Art des Glückes für mich.

Es war bereits dunkel, als ich mich auf den Weg nach Hause machte, und ich hoffte nicht in eine Schlägerei oder Ähnliches zu geraten. Mein Schritt wurde automatisch etwas schneller und meine Fäuste ballten sich.

„Buonasera, bella donna!", rief jemand hinter mir. Die Gestalt war ein Schatten neben einem verfallenen Haus, trotzdem erkannte ich die Person sofort. Ich drehte mich um und lachte erfreut.

„Marco!", schrie ich in die Dunkelheit hinein. Ich sprang ihm um den Hals wie ein kleines Kind.

„Was machst du um diese Zeit noch hier draußen?", fragte er grinsend. Marco war ein Italiener mit außergewöhnlich starkem Akzent. Er war der fröhlichste Mensch, den ich kannte. Schon seit langem waren wir gute Freunde.

Bevor ich antwortete, küsste er meine Handfläche. Sein Charme war teilweise verunsichernd, doch es war seine Art und ich liebte ihn dafür. Er zog mich nach sich in seine Wohnung hinein.

Ich versuchte, mich aus seinem Handgriff zu befreien, doch es gelang mir nicht. Schlagartig nahm er mich hoch und trug mich die Stiege hinauf. Als ob es für ihn ein Witz gewesen wäre, ließ er mich hinunter.

„Marco, ich sollte wirklich nach Hause gehen." „Alleine gehst du mir nirgends mehr hin, ich werde dich später begleiten aber zuerst wirst du diese Spaghetti da Marco essen." Ohne zu widersprechen, schmunzelte ich über seine überaus positive Denkweise und setzte mich.

„Und? Erzähl mir alles – wie läuft es mit Paul?" Ich musste nie lange über die Antwort auf diese Frage nachdenken, doch mit jedem Mal, mit dem er mich fragte, wurde es bizarrer.

War es möglich, dass wir doch nicht so glücklich waren? Ich wusste es nicht, doch sicherheitshalber blieb ich immer bei derselben Antwort.

„Es ist alles perfekt, er ist wunderbar." Doch sehr überzeugend wirkte es selbst auf mich nicht.

Nervös fummelte ich an der alten Tischdecke, um den Zweifeln keine Beachtung zu schenken. Ich wollte mich selbst nie belügen, doch nun hatte ich das miserable Gefühl, dass ich es tat.

Marco stellte mir einen riesigen Teller seiner köstlichen Spagetti vor die Nase und setzte sich mir gegenüber.

„Ich glaube, es ist in Ordnung, zu zweifeln. Paul hat eine negative Vergangenheit. Solange du sie nicht kennst, wirst du auch ihn nicht kennen." Seine Worte waren wie ein schwer verdaubarer Klotz in meinem Magen. Tief in mir wusste ich, dass er nicht im Unrecht lag und das gefiel mir am wenigsten.

Jeder kennt den kurzen Moment, in dem das vordere, rote Ende eines Streichholzes an der rauen Oberfläche der Schachtel gerieben wird.

Anschließend glüht es auf und binnen Sekunden erhellt Feuer den Augenblick. Doch ehe du dich versiehst, brennt es ab und trifft auf deine Haut. Du spürst ein Brennen und einen weiteren schmerzhaften Stich, dann hast du die Flammen gebändigt und der Wind erledigt den Rest. Stille, Kälte und Dunkelheit nehmen den Raum ein.
Dennoch brennt etwas weiter – du hast zuvor das Feuer vermehrt, ihm neues Leben gegeben. Du siehst, wie das Feuer lebt und um jede weitere Sekunde kämpft. Du realisierst, es lebt von dem gleichen Sauerstoff, wie du selbst. Doch du akzeptierst dies und der Moment nimmt sein Ende. Es ist vorbei.

Nun verändere die Situation und nimm diesen Vorgang als das Leben wahr. Du wirst geboren und du erreichst deinen Höhepunkt, doch früher oder später findet dich die Dunkelheit und lässt dich zu einem Teil von ihr werden.

Aber was wäre, wenn das Holz aus dem die Energie gewonnen wird, endlos lange wäre?

Wäre dies die Lösung?

Umhüllt von einem schwarzen, schweren Mantel eilte ich zu unserem Haus. Die Gassen waren nachts am gefährlichsten. Obdachlose und Säufer trieben ihr Unwesen und vergriffen sich beinahe täglich an jungen Mädchen. Vor einigen Jahren wurde ich selbst Opfer einer Vergewaltigung.

Seither versuchte ich jede Stelle an meinem Körper zu bedecken um nicht als Frau erkannt zu werden.

Ich hasste die Nacht, sie verbarg zu viele Geheimnisse. In Ecken lauern Gestalten mit Schusswaffen oder stumpfen Messern. Doch die wenigsten Menschen waren in Besitz von Pistolen.

„Hey Kleiner, Lust auf einen Pokerabend?", rief jemand von der Seite. Verarmte Männer in der Hoffnung heute Abend ihr Glück zu finden, versuchten mich zu begeistern.

Ohne Reaktion ging ich weiter. Immer mehr fühlte ich mich, als würde mich jemand verfolgen. Mein Schritt wurde schneller und meine Hände begannen zu zittern.

Verfolgte mich wirklich jemand? Hastig lief ich um die nächste Ecke und versteckte mich hinter einem großen Müllcontainer. Die Kälte ließ meinen Atem gefrieren. Ich musste mich beruhigen, doch der Hauch würde mich trotz meines Versteckes auffliegen lassen.

Ein altes Tuch auf dem Fensterbrett neben mir konnte mir vielleicht das Leben retten. Ich versuchte den Geruch zu ignorieren, als ich es fest vor meinen weit geöffneten Mund drückte. Mein Atem wurde ruhiger. Ich versuchte langsamer zu atmen, um keinesfalls aufzufallen. Die Schritte wurden im selben Moment lauter.

Vorsichtig lugte ich durch einen schmalen Spalt, zwischen der Steinmauer und dem Container. Es waren zwei schwarz gekleidete Männer, beide bewaffnet mit großen Messern. Einer trug einen großen Hut, der andere eine abgedunkelte Brille. Kurz blieben sie stehen, um sich umzusehen. Es schien, als wären sie auf der Suche nach etwas oder jemanden.

Mit einem Ruck brach der bereits rostende Griff des Containers, an dem ich mich zuvor festklammerte, in zwei Hälften. Ein knackendes Geräusch war die Folge. Ich konnte nicht mehr atmen, mich nicht mehr bewegen. Mein ganzer Körper zitterte, innerlich verbrannte ich. Doch die Angst schärfte meine Sinne. Ich konnte plötzlich alles hören. Wäre eine Nadel auf den Boden gefallen, hätte ich sie wahrgenommen und vermutlich orten können.

Einer der Männer bewegte sich nun in meine Richtung. Fest umklammerte ich das Eisenstück des Griffes, um dieses, wenn nötig als Verteidigung einzusetzen – wenngleich es chancenlos gewesen wäre. Der Mann griff nach dem Container, um diesen wegzurollen.

Mein Herz flatterte, ich konnte den Schmerz bereits spüren, der durch die Schläge und Griffe der Männer ausgelöst werden würde. Meine Augen fielen zu, ich wollte nicht in dieser Situation sein. Ich wollte es nicht, doch ich hatte keine Kraft mehr für Gegenteiliges. Ich ließ mich fallen, gleich was passieren sollte. Ich schaffte es nicht mehr.

Plötzlich schrie ihm der andere Mann zu. In der Ferne konnte ich das leise Kichern von Mädchen hören.

„Folgen wir ihnen!", schrie der Mann und ließ den Container los, um die Verfolgung seiner Beute aufzunehmen. Eine Träne floss über meine Wange. Ich konnte wieder atmen. Ich schloss meine Augen und sackte zusammen. Meine Hände waren zerschnitten und rostbraun. Doch ich verspürte keinen Schmerz.

Ich wollte mir nicht ausmalen, was den Mädchen bald passieren würde. Schon der Gedanke daran entfachte schlechte Erinnerungen an meine Vergangenheit.

Damals schlug mich ein Mann zu Boden, um die Befriedigung seines Freundes zu erleichtern. Die beiden rissen mir die Kleidung vom Leib und schlugen mehrere Male auf mich ein, um mich einzuschüchtern. Der Betonboden war kalt und es regnete.

Mit starken Seilen banden sie mich schließlich an einer zerklüfteten Steinmauer fest und vergnügten sich. Sie gaben keine Acht, es war schmerzvoller denn je. Mit ihren Fingernägeln zerschürften sie meinen Rücken und rammten sich jedes Mal stärker in mich hinein.

Danach ließen sie mich festgebunden und entblößt hängen. Ich blutete an jedem Körperteil, an dem es möglich war. Der Regen durchnässte mich einige Stunden. Am nächsten Morgen drehte eine alte Frau ihre übliche Runde und fand mich auf. Sie gab mir einen Mantel und löste die Fesseln.

Später wollte sie nichts mehr mit mir zu tun haben. Sie war eine gläubige Frau und glaubte, ich sei nun verunreinigt, keine Jungfrau mehr.

So schleppte ich mich mit letzter Kraft zurück in meine Wohnung und wusch mich gründlich. Ich versuchte die Wunden mit hochprozentigem Alkohol so gut es ging zu desinfizieren.

Bis heute trage ich Narben mit mir, doch meine größte Narbe wird mir auf ewig bleiben. Die Männer nahmen mir meinen Lebenstraum ein Kind zu gebären. Ich war unfruchtbar. Sie zerstörten meinen Körper.

Langsam rollte ich den Container zur Seite und spähte um die Ecke. Die Luft schien rein. Ohne zu zögern lief ich die dunklen Gassen hinab, bis zu unserer Eingangstür.

Mein Atem wurde knapper und die Kälte durchdrang meinen Körper immer mehr.

Ich versuchte, mich auf dem Weg hinauf in das Apartment zu beruhigen, mein Herz zu kontrollieren.

Doch ohne Erfolg. Als ich die Tür aufsperrte, sah ich Paul bereits im Bett liegen. Er hatte nicht nach mir gesucht.

Ich konnte das leise Schluchzen nicht vermeiden, als ich im Badezimmer zu Boden sank.

Meine Beine konnten mich nicht mehr halten. Ich lehnte mich gegen eine der verschimmelten Wände und weinte mich in den Schlaf. Die Dunkelheit umschloss mich.

Am Morgen wurde ich von lautem Klopfen gegen die Tür geweckt. Es war Paul, der außer sich war und vermutlich bald die Tür eintreten würde.

„Wie konntest du einfach schlafen gehen?", fragte ich, ohne ihn herein zu lassen. Er antwortete nicht, hörte aber auf mit dem ohnehin sinnlosen Klopfen.

Meine Zweifel an unserer Beziehung wurden in Momenten wie diesen größer als alle Liebe, die ihm zustand. Ich wusste nicht mehr, wo wir beide standen und ob wir überhaupt immer füreinander da wären. Ich rieb mir das Gesicht mit meinen aufgeschürften Händen. Das Blut war über Nacht eingetrocknet und der Schmerz beinahe vergangen.

„Bitte, du musst mir verzeihen", flehte Paul und schlug noch einmal gegen die Tür.

„Wieso sollte ich. Du hast mich nicht gesucht. Es hätte alles Mögliche passieren können, doch es war dir egal. Ich war dir egal", entgegnete ich scharf. Ich presste meine Lippen zusammen, um mich zu beruhigen, doch meine zitternde Stimme konnte ich kaum verbergen, „Ich dachte, wir wären für einander da. Ich dachte, wir würden füreinander sorgen.

Du hast mich im Regen stehen lassen, ohne Bedenken."

„Lilly, das Dinner ist fertig", schrie meine Mutter.
„Ich bin sofort da!"
Ich klappte das Tagebuch zu und setzte mich auf das Bett. Jolines Leben war nicht einfach, doch sie hielt durch. Ich versteckte das Buch hinter einigen weiteren Büchern in meinem Regal.

Ich konnte mich kaum losreißen – ich konnte es nicht ertragen, sie so leiden zu spüren und ich wusste, dass es einen Grund geben musste für Pauls Tatenlosigkeit.
Als ich die Tür zu meinem Zimmer schloss, kam mir alles wie ein böses Märchen vor, doch es war die reale Geschichte meiner Großmutter.

Die Stunden dieses Tages schienen endlos lange anzudauern. Ich hatte mit Paul kein Wort mehr gewechselt. Der Streit war unnötig, da wir beide wussten, wohin das führen würde. Früher oder später werden wir es einfach überspielen und normal weitermachen. Ich wusste nicht mehr, ob wir überhaupt glücklich waren.

Es begann zu regnen. Und obwohl mein Freund in meinem Hinterkopf für mehr und mehr Unordnung sorgte, war ich für den Moment zufrieden. Es war noch nie leicht gewesen, warum sollte es das dieses Mal sein? Doch wir schafften es immer wieder aufs Neue.

Ich ging die Straße in Richtung unseres Hauses entlang. Der Regen fiel auf mich hinab, ich fühlte, wie jeder einzelne Tropfen auf meiner Haut landete und auf mir abperlte. Meine Haare waren schwer vom Regen und ließen mich bei jedem Schritt mehr erschaudern, als sie auf meinen Rücken fielen.

Ich setzte mich auf einen Stein und blickte in den Himmel. Er hatte eine sonderbare Farbe, kein blau oder grau, sondern ein goldenes Rot. Ich schloss für mehrere Sekunden meine Augen und ließ die Tropfen auf meine Wangen fallen. Sie kühlten meine Haut angenehm. Wie ein kleines Kind versuchte ich den Regen mit meinem Mund aufzufangen, doch wie auch früher traf nur wenig Wasser meinen Gaumen.

Meine Kleidung lag straff an meinem Körper, so wie meine Haare. All das hatte nur wenig Bedeutung, ich fühlte mich frei und unabhängig. Der Regen wusch alles von mir ab, er ließ mich wieder klar denken und lächeln.

Der Himmel ließ mich träumen und mir wurde klar, dass wir alle eine Chance hatten. Wir alle konnten aus diesem Elend ausbrechen, wenn wir nur eine unschlagbare Gemeinschaft bilden würden. Wir haben Tag und Nacht die Möglichkeit, uns die Städte zurückzuerobern. Niemand würde uns mehr die Tore versperren und niemand würde uns mehr wie Ratten behandeln.

Nur wenige Schritte mussten getan werden, um einen Krieg zu beginnen und egal wie lange dieser andauern sollte, wenigstens hätten wir es dann versucht und jeder würde wissen, mit welcher Macht es die Neue Ordnung zu tun hätte.

Vielleicht lag es an der Gehirnwäsche, die ich vom kalten Regen abbekam, doch ich entschied mich dazu nach Hause zu gehen, um all das auszusprechen, das wir bereits wieder erfolgreich verdrängten.

Ich lief die Treppe nach oben und hämmerte gegen die Holztür. Kurze Zeit später öffnete Paul diese und sah mich verblüfft an. Ohne nachzudenken ging ich an ihm vorbei und setzte mich auf einem Stuhl neben dem Bett.

„Wir können so nicht weitermachen", sagte ich und nahm seine Hand, „Es ist in Ordnung, dass du zuhause geblieben bist, da du mir so und so kaum eine Hilfe gewesen wärst. Manche Dinge bleiben eben einem selbst überlassen und meistens weiß ich mich auch zu wehren."

„Joline, es tut mir leid. Ich wollte doch nur..." „Es ist in Ordnung", wiederholte ich und erklärte weiter, „Ich finde es gut, dass du mir Freiraum lässt. So etwas Dämliches sollte nicht zwischen uns stehen. Ich habe letzte Nacht einfach überreagiert." Er nickte und umarmte mich, es war also alles wieder gut.

Sobald die Menschen über einen Neubeginn sprechen, fühlen sie sich erleichtert und denken, dies sei die ein-

zige Lösung. Doch nur weil es einfach ist, heißt es nicht, dass es richtig ist.

Im Leben braucht man niemals einen Neubeginn, man braucht nur Mut und Durchhaltevermögen. Der Mensch kann über allem stehen, wenn er nur nicht davonläuft.

Das Glück liegt meist vor unserer Nase, wir wollen es nur nicht sehen. Darum versuchen wir, es verkrampft dort zu suchen, wo es nicht existiert. Wir drehen uns endlos im Kreis.

Wir verschließen die Augen vor dem, was wir eigentlich sehen wollen und sehen das, was wir nicht wollen. Manches Mal mag das Leben nicht das einfachste sein, doch der Weg ist bekanntlich das Ziel. Ein Weg ohne Steine wäre der Tod und nicht einmal das ist gewiss. Die Steine schleifen langsam unser Leben zurecht und bringen es zum glänzen. Was heißen soll, dass das Leben niemals schlecht sein kann, von niemandem. Manche vermögen es nur nicht, das ihrige lange genug zu schleifen. Sie erfinden Ausreden und belügen sich selbst, so lange, bis sie es sich glauben.

So lange du die Zeit dazu hast, gehe über Steine, nimm keine Abkürzungen und beginne nie neu, denn all das wäre Selbstbetrug.

Also, willst du wandern, über Stock und Stein oder lieber das Geschenk des Lebens vergeuden und aufgeben?

Ich lag in meinem weißen Bett und starrte den Deckenventilator an. Mich verfolgte der Gedanke, wir hätten eine Chance aus unserem Elend auszubrechen. Wir hätten die Chance all den Kranken zu helfen, sie zu operieren und mit Medikamenten zu heilen. All die Kinder könnten in echte Schulen, mit ausgebildeten Lehrern gehen. Wir alle hätten die Chance, ein normales, erfülltes Leben zu leben. Jeder könnte den Beruf erlernen, von dem er stets träumte.

Vernunft, Liebe, Güte und vieles mehr sollte unsere Welt bestimmen, doch stattdessen bestimmen Bilanzen und Schrecken unsere Lebensräume. Früher oder später wird jeder seinem eigenen Leid erliegen. Sollten wir uns nicht wehren?

Ich atmete tief durch und schloss meine Augen. Das Traurige war, ich konnte kaum auf die Unterstützung von Paul bauen. Er liebte es in dieser Totenstarre zu leben und hatte Angst vor jedem Schritt, der eine Veränderung bewirken könnte. Also war ich alleine. Und wie zum Teufel konnte ich eine Regierung stürzen? Ich alleine?

Die Frage drehte sich in meinem Kopf. Sobald ich dachte den Ansatz einer Lösung zu sehen, verdrehten sich meine Gedanken erneut und ich stand wieder am Anfang. Es gab eine Möglichkeit, das wusste ich.

Die einzig vernünftige Lösung bestand darin, genügend Menschen die Augen zu öffnen, um dann mit ihnen zu demonstrieren und zu kämpfen, der Freiheit willen. Wenn wir reichlich Kraft besäßen, hätten wir die Chance, zumindest unser Land von dem System auszuschließen. Es würde ein langer Krieg werden und würde dieser erst einmal gestartet werden, dann gäbe es keine Möglichkeit mehr zu dem alten Zustand zurückzukehren.

Die Idee war bizarr und unrealistisch, doch in Wirklichkeit gab es bloß zwei Schlussszenen. Entweder wir würden siegen oder kämpfend zu Grunde gehen.

Auf dem Weg ins Badezimmer musste ich schmunzeln. Der Gedanke gefiel mir. Als Kämpfender zu sterben. Es war immer noch besser, als ewig hier festzusitzen und Daumen zu drehen.

Ich hörte, wie jemand gegen die Wohnungstür trat und dabei fluchend schrie. Erst erschrak ich, doch dann erkannte mein Gehirn die Stimme. Paul.

Ich öffnete die Tür und versuchte mich bei dem Anblick nicht zu übergeben. Er stand vor mir – blutverschmiert und zermartert. „Gott, was ist passiert?", schluchzte ich. Im selben Moment klappte er zusammen und lag in meinen Händen.

Mit aller Kraft, die ich besaß, zerrte ich ihn zu dem alten Teppich vor unserem Bett. Zitternd schob ich das Schloss vor die Tür und holte einen Eimer Wasser. Einige seiner Wunden waren tief, sie mussten genäht werden.

Umringt von meiner Ausrüstung begann ich zu arbeiten. Dieses Zeug hatte ich zu Hause noch nie gebraucht, doch heute war es so weit.

Ich wusch ihm vorsichtig das Blut vom Körper. Ich wollte mir nicht ausmalen, was mit ihm geschehen sein musste, um solche Verletzungen davon zu tragen. Langsam kam er zu Bewusstsein. Hektisch presste er mich zur Seite und stand auf.

„Paul bitte! Lass mich dir helfen!" „Aber sie kommen!", schrie er verbittert und befreite sich erneut aus meinem Griff. Tränen liefen über meine Wange. Was meinte er? Wer würde kommen? Ich versuchte tief durchzuatmen und Ruhe zu bewahren.

Paul fuhr wild in der Wohnung herum und sah mehrere Male entsetzt aus dem Fenster. Ich blieb sitzen und starrte auf das inzwischen blutrote Tuch. Ich hatte eine Vermutung, doch ich wollte diese nicht aussprechen, ich wollte nicht danach fragen und ich wollte sie nicht hören. Es konnte nicht der Wahrheit entsprechen. Es konnte nur ein dummer Gedanke von mir sein, sonst nichts. Ich konnte mich nicht mehr bewegen, kaum mehr atmen. Wieso sollten sie uns entdeckt haben? Ich meine ja, es war nur eine Frage der Zeit. Trotzdem war es unglaubwürdig.

„Sag es. Ich muss es hören", sagte ich, ehe meine Stimme abbrach. Mein Mund trocknete schlagartig aus und meine Beine begannen zu zittern. Doch ich musste es hören, ansonsten fühlte es sich nur wie ein durchgestandener Albtraum an. Der Moment des Aufwachens beschert einem die Besinnung, dass alles in Ordnung ist, dass es nur ein unnahbarer Traum war. Nichts weiter als das. Doch das bezweifelte ich.

„Eine Einheit ist auf dem Weg zu uns. Wir haben noch etwa 14 Stunden Zeit, bis hier alles in Flammen steht."

Die Stille breitete sich im Raum aus. Eine grausame, kalte Stille. Die Ruhe vor dem Sturm, wenn man so möchte.

Es war ein seltsames Gefühl zu wissen, morgen hätte man kein Zuhause mehr. Morgen würde alles anders sein, wir würden auf der Flucht sein und würden um unser Überleben beten.

„Heute Früh kam ein alter Mann, um uns zu warnen. Er habe Truppen von ihnen gesehen, als sie ein anderes Dorf vernichteten. Ihr Auftrag hieße, die Umgebung des Schauplatzes bis auf 100 Kilometer Entfernung abzusuchen und jeden Rebellen von seiner Geistlosigkeit zu erlösen."

Ich schloss meine Augen und musste mich schlagartig an einem Regal abstützen. „Woher hast du die Verletzungen?", murmelte ich leise ohne meinen gesenkten Blick zu heben.

„Der Mann verkündete die Botschaft für die Allgemeinheit, das war ein Fehler. Die Menschen wurden aggressiv und gingen auf den Greis los. Ich konnte nicht nur zusehen. Ich wollte ihm helfen, doch einer der Männer..."

„Einer der Männer hatte eine Waffe. Er starb, richtig?", vollendete ich seine Geschichte, in der

Hoffnung, im Unrecht zu sein. Paul nickte gequält und sah erneut aus einem der Fenster.

Was sollte ich davon halten? Vom einen zum anderen Tag ohne Unterkunft, ohne der gewohnten Umgebung existieren zu müssen? Wir würden verfolgt werden, müssten immer auf der Hut sein, bis wir uns erneut für einige Jahre an einem Ort niederlassen könnten.

Die Zeit drängte. Je weiter wir von hier weg kommen würden, sobald die Truppen eintreffen, desto besser und desto weniger Risiko würde bestehen. Ich konnte mich nicht mehr bewegen, fühlte mich, als wäre ich aus Stein – unbeweglich und kalt.

Aus welchem Grund hatten das so viele Menschen auf einmal verdient? Sie alle müssen die nächsten Tage in Ungewissheit verbringen, ob sie überleben werden oder nicht. Die einzige Hoffnung sind wir, die Gemeinschaft. Doch genau in diesem Augenblick, als ich aus dem ungeputzten Fenster starrte, wusste ich nicht, ob ich noch in der Gemeinschaft leben wollte. Ob ich ihr noch angehören wollte, ob ich die Unterstützung noch wollte oder ob ich über-

haupt noch Verantwortung für jemanden überneh-
men wollte.

Ich brauchte meinen Freiraum. Ich brauchte Ab-
stand. Abstand von all den Dingen, die mir täglich
Bauchschmerzen bereiteten. Ich würde einfach weg-
laufen, die Augen verschließen. Aber was würde mit
Paul und den anderen Menschen geschehen?
   Ich spürte eine Hand auf meiner Schulter ruhen.
Kurz blinzelte ich, um erneut in die Realität zurück
zu kehren. Es war beinahe unmöglich, mich von den
Gedanken zu trennen.

„Wir müssen hier weg", flüsterte Paul tonlos in mein
Ohr, ohne mich auch nur für eine Sekunde loszulassen. Ich fühlte mich schlagartig, als ob ich unter seiner Liebe und Fürsorge ersticken würde. Ich bekam
keine Luft mehr. Egal wie oft ich versuchte den Sauerstoff in meine Lunge einzuatmen, ich scheiterte.
Mein Körper wurde immer weiter zusammenge-
presst. „Nein!", dachte ich, während ich innerlich
aufschrie.

Ich wollte nur noch weg, die Einsamkeit aufsuchen. Stotternd kam mir Pauls Name über die Lippen, doch mir fehlten die Worte, um weiter zu sprechen. Mir wurde alles zu viel. Immerzu hielt ich allem stand. Ich schob immer alles einfach nach hinten, um für neue Probleme Platz zu schaffen. Wieso also war ich nun nicht mehr im Stande dazu? War es möglich, dass mich nun alles zerschlug? Dass mich nun all das für längst tot gehaltene aufholte?

Am denkbar ungünstigsten Tag versuchte mich also mein Leben zur Rechenschaft zu ziehen. Ich war ein psychisches Wrack, ohne es all die Jahre lang zu merken. Ich war nie einer solchen Belastung ausgesetzt gewesen, wie also hätte ich meine Reaktion ahnen sollen? Eine Frage nach der anderen schoss mir durch den Kopf, doch ich konnte keine einzige davon beantworten.

Es schien, als ob ich „Seite um Seite" mehr Angst um sie bekam, obwohl sie längst verstorben war.

Meine Mutter und ich waren auf der Beerdigung meiner Großmutter und es war, als ob nur ich um sie getrauert hätte. Nur ich hatte Tränen in den Augen. Als ich meine Mutter darauf ansprach, sagte sie nur, dass sie keine Trauer verdient hätte und dass sie nur erbärmlich gewesen wäre.

Doch ihr Tagebuch schien eine andere Geschichte zu erzählen – von einer Frau, die wusste, was sie tat und die für das kämpfte, was sie wollte.

Es waren vermutlich einige Minuten vergangen, in denen ich wortlos dastand. Paul hatte bereits alles gepackt und stand erwartungsvoll im Türrahmen. In seinem Blick machte sich die Verwirrung breit, als ich immer noch nicht antwortete. Doch was war die Frage gewesen?

Ich war nicht bereit mit ihm zu gehen. Ich wollte nicht das Einzige verlassen, das mir über die Jahre hinweg Schutz bat. Ich wollte nicht mit ihm gehen, er wollte zu viel von mir und drängte mich in eine bestimmte Rolle. Ich konnte dem Druck seinerseits nicht mehr standhalten. Marco hatte nun mal Recht, es war nie perfekt. Unsere Beziehung war zum Scheitern verurteilt.

„Ich kann das nicht", stellte ich gedankenverloren fest. „Doch, du kannst das", flüsterte Paul und trat einige wenige Schritte in meine Richtung vor. Er versperrte mir den Weg, kreiste mich ein. Mein Raum wurde kleiner. Ich schüttelte eifrig den Kopf. Er musterte mich mit verengten Lidern. Er näherte sich immer weiter. Hinter mir war die Wand, ich konnte weder weichen, noch nach vorne entschwinden.

Zitternd und den Tränen nahe wiederholte ich meine Worte. Der Käfig verengte sich erneut.

Ich erinnerte mich an ein altes, längst vergessenes Gedicht, namens „Der Panther". Es handelt von einem Tier, das hilflos verharren muss, hinter Gitterstäben. Sein Blick wird von Stäben getrübt und sein Wille betäubt.

Ich war nun der Panther, hoffnungslos in die Enge getrieben, starr vor Angst und im Inneren tot. Paul streckte seine Hand nach mir aus und versuchte mich mit seinen Worten zu beruhigen. Als er mich schlussendlich berührte, gaben meine Beine nach. Weinend kauerte ich auf dem Fußboden, gegen die kalte Mauer gepresst. Er nahm meine Hände und umklammerte sie fest.

„Muss das genau jetzt sein? Du darfst nicht aufgeben, nicht genau zu diesem Zeitpunkt. Bitte! Du musst dich zusammenreißen, es geht um unser beider Leben!", schrie er, hielt jedoch plötzlich inne und redete dann bestimmend auf mich ein, „Sieh mich an. Joline, sieh mir in die Augen!"

Ich schüttelte erneut den Kopf, ich hatte nicht die Kraft dazu. Nicht mehr. „Verdammt, mach schon!" Er schrie mich an, schien dann aber selbst verwundert über seinen Wutausbruch. Sein Griff versteifte sich, er schnürte mir das Blut ab. Ich konnte mich nicht wehren, war machtlos. Ich schluchzte auf und sah ihm verbittert in die Augen.

Tränen liefen über meine Wangen. Er realisierte, dass er mich verletzte und löste seine groben Hände von den meinen. Langsam wich er zurück und setzte sich fassungslos auf das bereits abgezogene Bett. „Ich dachte, wir würden das schaffen." Ich konnte seine Heucheleien nicht länger hören und verließ schwankend den Raum. Ich lehnte für einige Sekunden an der Hausmauer, bevor ich schließlich zusammenklappte. All das konnte nicht der Wahrheit entsprechen, das war kaum möglich. Mein Leben war dabei sich in einen Scheiterhaufen zu verwandeln. Trotz alledem konnte ich momentan nichts daran ändern. Ich selbst stand mir zu sehr im Weg.

Es regnete, die Kälte durchdrang langsam aber sicher meine Klamotten. Ich begann zu zittern und ließ mich auf den Boden fallen. Mit letzten Kräften richtete ich mich auf und schleppte mich auf die andere Straßenseite, bis ich eine kleine Gasse erreichte. Nach einem kurzen Fußmarsch stand ich vor Marcos Haus.

Verzweifelt hämmerte ich gegen die vermoderte Holztür. Ich tastete mit kalten Händen meine Haare ab und drückte das Regenwasser aus. In der Hoffnung mich damit zu erwärmen, setzte ich meine Kapuze auf, doch wie alles an mir war auch diese völlig durchnässt.

Der Dachvorsprung bat kaum Schutz, dennoch kauerte ich mich darunter und starrte auf die gegenüberliegende Hausmauer.

Ich musste die gesamte Nacht durchgelesen haben, da bereits vereinzelt Sonnenstrahlen auf meine Haut trafen. Ich betrachtete das Buch neben mir und las ein weiteres Mal die vorherigen Seiten durch.

Die ganze Zeit über dachte ich nur, dass all das nicht wahr sein konnte, doch wieso sollte jemand ein erfundenes Tagebuch führen?

„Lilly, mein Schatz, bist du fertig für die Schule?", sprach meine Mutter während sie an die Tür klopfte.

„Ja!", log ich, „Einen Moment noch bitte!" Ich fuchtelte herum und zog mir eilig ein Shirt und eine neue Hose über. Meine Haare band ich zu einem lockeren Zopf hoch.

Ich wollte bereits die Tür öffnen, als ich noch einmal zu meinem Bett lief und das Tagebuch in meine Tasche schob.

Ich lief nach draußen und stieg zu meiner Mutter in das Auto. „Was ist denn das für ein grässliches Ding?", fragte sie amüsiert und deutete auf meine Tasche.

Ich sah, dass Jolines Buch ein klein wenig her-
ausstand und der abgenützte Rücken präsentiert
wurde. „Nichts", antwortete ich und lächelte. Zu
meinem Glück fragte sie nicht weiter nach. Als wir
in der Schule ankamen, war es wie jeden Tag noch
viel zu früh, also setzte ich mich in den Klassen-
raum und las weiter.

Das Leben hat einen sich immer wieder wiederholen-
den Zyklus. Menschen werden geboren und Menschen
sterben. Dieser Vorgang wird sich niemals ändern und
trotzdem wissen wir nicht das Geringste über den Tod.
Unser Wissen reicht zwar von der Entstehung aller
Lebewesen, bis zu mathematischen Algorithmen, doch
wissen wir zu wenig, um die elementarsten Fragen aller Fragen zu klären.

Was passiert mit uns, wenn alles sein Ende nimmt?
Vielleicht hat all das einen Sinn – das ewige Leid, das
ewige Sterben.
Vielleicht wird uns irgendwann jemand von all dem
erlösen. Doch dann stellt sich die Frage, ob es nicht so

am besten ist, ob es nicht doch irgendwo einen Plan für all die willkürlich wirkenden Geschehnisse auf diesem Planeten gibt. Ob wir in Wirklichkeit nicht dankbar für diese Vorgänge sein sollten.

Würde jeder ewig leben, würde dies wahrscheinlich unser Untergang sein. Wir können nichts mit Sicherheit sagen, haben nie die Gewissheit, von etwas Bestimmten ausgehen zu können, wir sind gezwungen zu glauben. Es muss etwas geben, das über uns steht, das größer ist, als wir es uns je vorstellen könnten.

Wir müssen glauben. Tief im Inneren wusste ich, was zu tun war. Ich wusste, ich konnte Paul nicht alleine lassen, nicht jetzt. Ich wusste, ich konnte es schaffen. Ohne zu zögern lief ich zurück zu unserem Haus. Mein Herz klopfte, als ich die Treppe hinauf rannte. Wie würde er auf mich reagieren? Würde er mich hassen? All meine Ängste und Überlegungen, wie ich am besten auf ihn zugehen sollte, waren plötzlich sinnlos – hinter der Tür erwartete mich Leere. Er war fort.

Während ich in der leergeräumten, kargen Wohnung stand und ein Loch nach dem anderen in die Wand starrte, lief unser gemeinsames Leben, wie ein Film vor meinem geistigen Auge ab. Immer wieder musste ich lautlos lächeln und doch stand ich den Tränen nahe.

Ich ließ das Ungetüm der Zeit verstreichen, ohne mich großartig zu bewegen. Vor all diesen Geschehnissen lebte ich in einer anderen Dimension, die durch mich persönlich optimiert wurde.

Ich verdrängte alles Negative und versuchte es mir schönzureden. Erst jetzt realisierte ich meinen Selbstbetrug. Zwar liebte ich Paul, doch unsere Beziehung brach immer weiter auseinander. Das Einzige, das mir nun noch vertraut war, war das Tropfen des Wasserhahns. Eine ewig währende Seuche dieses Hauses.

Ich setzte mich auf den alten Stuhl neben dem Bett. Wie sollte ich nun weitermachen? Ich war zwar unschlüssig, was meine Gefühle betraf, doch ich wollte nicht alleine sein. Er war trotzdem mein bester Freund. Er war für über 6 Jahre meines Lebens immer da, wenn ich jemanden brauchte, der mich tröstete oder mit mir lachte. Er war einer der vertrautesten Menschen, denen ich jemals begegnet bin. Sicher hatte er Probleme – er war in gewisser Weise ein psychisches Wrack. Trotzdem haben wir vieles gemeinsam überstanden. Und wir bereuten nichts.

Und nun sollte dies ein Ende nehmen? Auf diese Art und Weise? Ich zerrte uns in den Abgrund, nur weil ich meine Beherrschung verlor. Ich wusste, ich konnte dies nie mehr wieder gut machen. Wie auch? Ich ließ ihn alleine stehen, ohne triftigen Grund, ohne auch nur ein Wort des Abschieds zu hinterlassen.

Vielleicht war es menschlich, doch nichts desto trotz war es der Fehler meines Lebens.

Nun stand ich da, in einer leeren Wohnung, ohne jeglichen Kontakt zu anderen Menschen.

Langsam ging ich zum Fenster, um mir einen Überblick über das zum Tode geweihte Dorf zu verschaffen. Die Straßen waren leer. Die meisten von den Bewohnern waren bereits geflohen. Vielleicht würde ich einfach hier bleiben und meine letzten Minuten schweigend auskosten. Vielleicht würde ich hier den Tod finden – doch dann wenigstens in diesem Haus. Wenigstens an einem Ort, den ich liebte. Ironischerweise musste ich mich an die schönsten Tage meines Lebens zurückerinnern. Es war vor einigen Jahren, als ich alleine in das Dorf kam und eine Bleibe für mich zu finden versuchte.

Ich schien bei dem Gedanken mein halbes Bewusstsein zu verlieren und befand mich schlagartig in einer von mir erfundenen Welt, in der nur Paul und ich lebten, vereint in unseren besten Momenten. Es war, als ob ich in einem Kinosaal saß und die Leinwand war mein Leben.

Ich klopfte an eine Holztür, durchnässt von Regenwasser. Es war in einer Sommernacht, es war mir nicht all zu kalt. Niemand öffnete, genau wie bei den anderen Häusern auch, also stieg ich einige wenige Schritte nach hinten und sah hinauf in den Himmel.
Regentropfen trafen meine Augen, doch das machte mir alles nichts aus, denn ich war frei.

Ich konnte tun und lassen, was ich wollte, niemand schrieb mir mehr Regeln vor. Ich hatte mein ganzes Leben vor mir und in meiner eigenen Hand. Das Gefühl war unbezahlbar. Ich ließ den schweren Rucksack auf die Pflastersteine fallen und begann zu tanzen. Der Regen konnte mir nichts mehr anhaben, er machte den Moment zu dem, was er war. Ich war noch nie zuvor so glücklich gewesen. Langsam atmete ich die frische, leicht erwärmte Luft ein, bei jedem weiteren Atemzug wurde der Geschmack deutlicher.

Ich sah Dampf von der Straße aufsteigen und sah das Wasser rings um mich herum fließen. Es war ein undurchbrechbarer Strom von Neuem. Der Regen wusch alles von mir ab. Meine Vergangenheit und meine Sorgen, er ließ mich sogar meine augenblicklich etwas unglückliche Unterkunftssuche vergessen. Es war alles perfekt.

Erst nach einigen peinlichen Tänzen bemerkte ich, dass sich die Tür geöffnet hatte und nun ein junger Mann im Türrahmen stand. Der Mann hatte braunes, längeres und trotzdem aufgestelltes Haar und er lach-

te – nicht über mich, sondern eher mit mir. Er hatte wunderschöne Lachgrübchen und braune Augen, in denen ich mich für einige Sekunden verlor. Ich konnte nicht anders als erneut zu lachen.

Ich ging auf ihn zu und reichte ihm meine Hand, während ich mich vorstellte. Er stellte sich mir mit dem Namen Paul vor und bot mir an, einzutreten. Ich hatte das Gefühl, ihn bereits ewig zu kennen, obwohl ich ihn noch nie zuvor gesehen hatte. Es war, als wäre ich zu Hause angekommen.

Nun aufzugeben war nicht einfach, doch mein Körper sagte mir, ich hätte keine andere Wahl. Ich war erschöpft und saß reglos auf dem Boden.

Die Kraft zu kämpfen war verloren gegangen. Ich biss meine Zähne aufeinander und robbte zu dem alten Bett.

Ich hob die Matratze einige Zentimeter an und sah, dass sich darunter das von mir Erhoffte befand. Es war eine kleine Schachtel, in der sich eine Pfeife, einige Kräuter und ein Streichholz befanden.

Ich wusste, dieser Moment würde kommen, in dem ich sie brauchen würde. Es war eigentlich nur mein Jugendlaster gewesen. Doch für jetzt und hier war es perfekt, diese eine Pfeife zu genießen. Es war ein Grund für mich weiter einzuatmen, um den Rauch in meiner Lunge zu spüren und den Geschmack in meinem Mund zu vernehmen.

Mit zitternder Hand umfasste ich die Schachtel und stand auf. Meine Knie waren weicher denn je, also tastete ich mich entlang des Flurs zu einer kleinen Stiege, die durch eine Falltür auf den Dachboden führte. Oben stieg ich durch eine weitere kleine Öffnung auf das Dach.

Es war höher, als ich mir gedacht hatte, doch ich versuchte meinen Überlebensinstinkt gegen Wagemut einzutauschen.

Also stellte ich einen Fuß vor den anderen, bis ich auf dem Dachgiebel angekommen war und mich schließlich darauf fallen ließ. Meine Aussicht reichte in alle vier Himmelsrichtungen, bis über die Wälder hinweg zu dem Gebirge. Ich wusste, ich würde sehen, wann die Gefahr unser Dorf erreichen wird und konnte mich deshalb darauf vorbereiten.

Ich versuchte einfach auszuschalten. Mit einem knisternden Geräusch erhitzte ich das Kraut und atmete es ein.

Ich hatte keinen Grund dafür, doch ich fühlte mich bei dem Mann namens Paul sicher. Ich kannte ihn nicht, wusste nichts über ihn, nur seinen Namen und trotzdem saß ich nun am Esstisch mit ihm.

Ich unterhielt mich blendend. Zuerst sprachen wir über oberflächliche Dinge, doch bald wurde das Gespräch persönlicher. Ich erzählte ihm vom Tod meiner Eltern und meiner Tante, die mich dann aufnahm. Doch als ich ihn nach seiner Vergangenheit fragte, blockierte er und wechselte das Thema. Seltsamer Weise verletzte mich das. Ich wollte, dass er mir vertraute, doch das tat er nicht. Wer konnte ihm das auch übel nehmen, wir kannten uns immerhin erst seit geschätzten zwei Stunden. Schließlich aßen wir zusammen und unterhielten uns weiter.
Am späteren Abend führte er mich durch das Apartment und erzählte mir, er sei selbst erst vor kurzem eingezogen, obwohl mich das wunderte. Es sah aus als

ob er bereits seit Jahren hier hausen würde. Er fühlte sich hier sehr wohl, das war nicht zu übersehen. Und doch lud er eine fremde Frau einfach zu sich ein. Es war seltsam aber es fühlte sich richtig an.

Nach einigen Minuten kamen wir schließlich im Badezimmer an. Der Spiegel fiel mir zu aller erst auf – er war zerbrochen und die Splitter lagen überall verteilt im Raum. Doch ich fand es unhöflich zu fragen weshalb. Während ich in Gedanken versunken die Teile des Glases betrachtete, schloss er die Tür hinter sich ab und stellte sich vor mich. Er hob einen großen Splitter vom Boden auf und betrachtete ihn ringsum.

Nach einer Weile testete er die Schärfe der Kanten an seiner Haut. Er zuckte leicht zusammen. Ich war verwirrt und verängstigt zugleich, was hatte das zu bedeuten? Wenn er mir gefährlich werden wollte, hätte er mir doch kaum etwas zu Essen angeboten, dachte ich jedenfalls.

Einige Hustenkrämpfe kamen über mich, ehe ich zu Bewusstsein kam. Ich zitterte am ganzen Körper, doch irgendetwas schien mir die nötige Kraft zu geben, das durchzustehen.

Ich spürte, wie mich jemand fest packte. Ich hörte eine laute Stimme, doch es war, als ob ich Meilen weit entfernt davon gewesen wäre. Ich verstand die Schreie nicht, egal wie sehr ich mich bemühte.

Wollte ich je wieder die Augen öffnen? Ich war unschlüssig und irgendwie war ich bereit aufzugeben. Ich hatte eine schöne Zeit hinter mir. Wenn es also so weit war, wieso sollte ich nicht loslassen?

Der Strang, der mich immer vor dem Fall sicherte, hatte sich gelöst, nun hing ich an einem seidenen Faden. Ich musste ihn loslassen, ich musste bereit dazu sein. Doch trotz allem wehrte sich etwas tief in mir dagegen. Egal wie oft ich daran dachte, ich scheiterte beim Aufgeben.

Ich spürte einen brennenden Schmerz an meinem Körper, der mich schlagartig zurück in die Realität riss. Das starke Einatmen führte erneut zu Husten. Mein Hals brannte förmlich. Als ich meine Augen öffnete, schien ich eine graue Wand vor mir zu sehen. Erst nach weiteren Sekunden bemerkte ich, getragen zu werden. Ich war so schwach, dass ich mich kaum mehr an meinem Retter halten konnte. Das Einzige, was ich begriff, war in Flammen zu stehen.

Das Haus brannte und ich wurde hinausgetragen. Das Atmen tat weh, meine Lunge fühlte sich verätzt und wund an, bei jedem Atemzug wurde es schlimmer. Ich umklammerte den Gedanken bei Bewusstsein zu bleiben und einfach blind weiterzukämpfen, für was auch immer.

Er stand also vor mir, mit einer Art Waffe in seiner Hand, doch seltsamerweise hatte ich keine Angst. Ich griff danach und er gab mir das Glasstück. „Du hast keine Angst", flüsterte er und kam noch näher. „Es gibt keinen Grund", antwortete ich.

Er lächelte und starrte auf den Boden. Als ich den Splitter losließ, klirrte das Stück auf den Boden. Paul sah mich erneut an, sein Gesicht war nun nur noch Millimeter von dem Meinen entfernt.
Er küsste mich. Ich war wie gefangen in einer verrückten Traumwelt. Ich hatte ihn gerade erst kennenge-

*lernt und hatte trotzdem das Gefühl, zuhause zu sein,
bei dem Menschen, den ich liebte – über alles liebte.*

Plötzlich spürte ich starken Wind, der meine Haare verwehte und mich langsam aber sicher erwachen ließ. Ich öffnete meine Augen erneut und sah mich um. „Marco", flüsterte ich, als ich bemerkte, wer der Mann war, der mich trug. Ich war erfreut ihn zu sehen und ihn bei mir zu haben, auch wenn ich auf Paul hoffte.

Doch wie es schien, war er nicht auf der Suche nach mir. Leider konnte ich ihm das auch nicht verübeln, nach meinem Zusammenbruch. Er wollte mir nie etwas Schlechtes, trotzdem ließ ich ihn büßen. War es unser Vergehen, das nun über den Rest der Welt bestimmen sollte? Oder war es alleine meine Schuld?

Als mich Marco in Richtung des Waldes trug, fühlte ich Leere. Ich fühlte nicht einmal die Angst, die mein Leben zu diesem Zeitpunkt beherrschen hätte sollen. Die Truppen waren nun eingetroffen und folgten dem, was ihnen befohlen wurde. Die Zeit schritt in Zeitlupe an mir voran.

Jede Flamme entstand und verschwand tausende Male vor meinem geistigen Auge.

Ich sah den Zeitpunkt der unendlichen Vernichtung. Doch das Schlimmste daran war, ich konnte nichts ändern, ich konnte nicht einschreiten – war einfach machtlos.

Ich fühlte mich plötzlich wie ein Gewicht, das durch Schwerkraft angezogen wurde und immer weiter nach unten fiel, als würde es in das Erdinnere gezogen werden. Der Druck seiner Hände löste sich langsam und ging in reine Einsamkeit über.

Ich lag in der Wiege der Zeit, die für einen kurzen Augenblick zu stehen schien. Dieses Gefühl wurde von einem heftigen Druck auf meine Knochen und Gelenke abgelöst. Von der Schwerelosigkeit verlassen, fiel und fiel ich immer weiter, bis ich Halt fand und sich die Gegenwart zu einer schwarzen Kuppel verformte, die mich umschloss. Nun lag ich da, machtlos und unbeweglich.

Mein Körper war ausgelaugt, allein die Atmung funktionierte noch, ansonsten schien ich ausgebrannt und tot zu sein. Kälte umschloss mich. Jede Bewegung verlangte mir den fünffachen Kraftaufwand ab.

Ich versuchte meine Augen zu öffnen, doch es gelang mir nicht. Mir fehlte jegliche Kraft dazu. Ich versuchte mich in eine aufrechte Position zu schieben und half mit meinen Ellenbogen nach. Der Untergrund war kalt, meine Haut brannte. Wie ein Reibeisen haftete der Beton an meinem Körper. Kleine Steinchen wurden in meine Wunden gepresst und entfachten dort Feuer.

Ich schrie auf, als ich endlich in senkrechter Position an der Steinmauer lehnte. Ich verspürte einen stechenden Schmerz in meinem Oberkörper, als ob mir jemand ein Messer in eine bereits vorhandene Verletzung rammen würde – immer und immer wieder. Ich tastete mit meiner rechten Hand nach der schmerzenden Stelle, doch ich wurde gebremst.

Ich schrak auf und blinzelte einige Male. Mein Atem ging ruckartig und ich fuchtelte herum, bei jeder zweiten Bewegung presste sich ein Fremdkörper weiter zwischen meine Gelenke in meine Haut.

Ich war mit dicken Eisenschellen gefesselt. Nach einiger Zeit konnte ich meine Umgebung bewusst wahrnehmen. Der Raum war kahl und leer. Ich war angekettet, wie ein wildes Tier. Wo war ich?

Ich nahm ein leises Keuchen links von mir wahr. Ich war nicht alleine. Nervös blickte ich in die Dunkelheit, konnte aber kaum etwas erkennen. „Hallo?", stammelte ich räuspernd.

Ich konnte mich nur bruchstückhaft an das zuvor Geschehene erinnern. Ich wusste weder wo ich war, noch wo Marco war, noch wer neben mir in Gefangenschaft war. Ich wollte meine Augen reiben, doch wurde schmerzhaft an die Handschellen erinnert.

Ein leises Seufzen ließ mich erschaudern. War das möglich? Tief im Inneren glaubte ich zu wissen, wer neben mir saß. Ich wollte es nur nicht wahrhaben.

„Paul..", seufzte ich, „Paul?" Ich wiederholte mich einige Male, doch es blieb still.

„Wo denkst du eigentlich, wo du hier bist?", fragte der Mann argwöhnisch.

Das war eine gute Frage, die ich mir zuvor nicht wagte zu stellen. Es war dunkel und kalt. Es war vielleicht ein Raum unter der Erde. Doch alles nur Spekulationen – also wo war ich?

„Du bist mitten in der Neuen Ordnung, in einer der Städte. Als du vor mir wegliefst. Die zerstörten unser Dorf und töteten jeden, der ihnen in die Quere kam. Wir beide Glücklichen zogen ein anderes Los. Sie nahmen uns gefangen."

Ich wusste nicht mehr, wo mir der Kopf stand. Jahrelang versuchten wir alles, um zu überleben. Wir opferten unseren Wohlstand und einige von uns sogar ihr Leben. Was hat uns das nun gebracht? Was brachte das nun Paul und mir? Wir saßen in Schellen vor unseren Feinden, ohne reagieren zu können, ohne uns wehren zu können. Wir sind Gefangene.

Jemand schob einen Schlüssel in ein Schloss und drehte diesen dann mehrere Male. Es war ein Schlüsselbund, da sich das klirrende Geräusch mehrerer Metallteile, bei jeder Umdrehung durch den Raum ausbreitete. Überrumpelt von der Situation begann ich zu zittern. Ich konnte kaum etwas Erkennen, da alles um uns herum dunkel war.

Niemand hatte das Recht Joline verrückt zu nennen. Was sie opfern musste und vor allem, was sie durchmachen musste... Es war einfach grausam, es nur zu lesen, raubte mir jeden Nerv. Trotzdem konnte ich mich, wie jeden Abend, kaum von der Geschichte losreißen. Als wir zu Abend aßen, saß ich mit meiner Familie an unserem runden Esstisch. Ich wusste nicht weshalb, doch ich musste einfach mehr über Joline erfahren. Ich erwähnte vorsichtig ihren Namen.

„Lilly, warum bist du so sehr interessiert an deiner Großmutter – du kanntest sie doch gar nicht", sagte meine Mutter abweisend.
Dass sie kein gutes Verhältnis hatten, wusste ich ja bereits, aber dass es so schlimm war, hätte ich nicht gedacht.
„Cora, sie fragt doch nur", warf mein Dad in den Raum und wandte sich anschließend wieder mir zu, „Deine Großmutter war eine außergewöhnli-

che Person, das musst du mir glauben. Aber woher
kommt dein plötzliches Interesse wirklich an ihr?"
„Ich denke, ich muss noch lernen", antwortete ich
verlegen. Es war zu viel Risiko, ihnen von dem
Buch zu erzählen. Würden sie es mir wegnehmen,
wüsste ich nicht, wie sie ihr weiteres Leben in die-
ser Zelle gestalten würde. Ich wollte mehr über sie
erfahren – ich musste, um zu verstehen.
Ich räumte den Tisch ab und versank später erneut
in ihrem Buch.

Schwere Schritte kamen auf mich zu. Das Einzige,
das ich erkannte, waren große Springerstiefel – fein
säuberlich geputzte Schuhe eines großen Mannes.
Etwa ein Meter trennte mich nun von einer mir unbekannten Person, die sich in der nächsten Sekunde
von mir abwandte und auf Paul zuging.

Die Person bückte sich nach unten, bis das Gesicht nur noch wenige Zentimeter von dem des Ge-
fangenen entfernt war.

Mein Kopf schwirrte vor tausend Szenarien, die nun
folgen könnten, doch der Mann entfernte sich wie-

der ein Stück von seiner Beute. Ich atmete tief aus. Plötzlich begann der Fremde laut zu lachen und die weißen, sauberen Zähne reflektierten das Mondlicht. Er spukte auf Paul und verließ schwer atmend den Raum.

„Was war das?", fragte ich zögernd, doch ich bekam keine Antwort. Auch als ich mich wiederholte – keine Rückmeldung.

Nach einigen Stunden begann Paul mir weiteres über diesen einen Tag zu erzählen. „Als du weg warst, brauchte ich erst meine Zeit, bis ich es über mich brachte, dieses Haus letztendlich zu verlassen. Ich lief in Richtung des Waldes, die Straße hinunter", er machte eine Pause, als ob er sich beruhigen musste, bevor er weitersprechen konnte, „Ich hörte Schreie und sah Elli am Straßenrand, mit ihrem Sohn. Sie waren gestürzt – hilflos. Also versuchte ich ihnen zu helfen, doch im selben Moment... Ein Schuss. Viel mehr weiß ich nicht. Ich wachte hier auf."

Ich musste schlucken, Tränen stiegen in meine Augen. „Ist sie..?", fragte ich ohne es aussprechen zu können. „Ja, sie ist tot", murmelte er. Ich biss die

Zähne zusammen und drängte meine Trauer und meine Wut in den Hintergrund.

Wir hatten beide keine Ahnung, weswegen wir hier waren. Trotz seiner Geschichte, hatte ich das Gefühl, er würde mir etwas Wichtiges verschweigen. Was es auch war, es schien ihn zu beunruhigen. Jedes Mal, als ich ihn nach unseren Festnehmern fragte, blockte er ab und wechselte das Thema.

Was es auch war, es schien nichts Gutes zu sein. Noch nie in meinem ganzen Leben, verspürte ich eine derartige Hilflosigkeit. Ich war am Ende und konnte mich nicht wehren.

Es gab Situationen, in denen ich planlos war, doch ich dachte nach und fand eine Lösung. Selten war diese einfach, doch sie öffnete immer neue Türen, um weitermachen zu können.

Die Zeit verging. Es brach Tageslicht in unsere Zelle. Paul sah zerzaust und erschöpft aus, genau wie ich. Wieder wurde die Tür geöffnet und jemand trat ein. Diesmal hatte ich keine Angst, ich hatte reine Wut.

Als ich aufsah, stand ein Mann vor mir, der einen Anzug trug und einen Aktenkoffer bei sich hatte. Er kniete sich vor mich und sah mir auffordernd in die Augen. Sein Gesichtsausdruck war freundlich, doch seine braunen Pupillen schienen in mich zu stechen. Es hatte den Anschein, als würde er auf eine Antwort warten. Die dazugehörige Frage wurde allerdings nie gestellt. Anschließend lächelte er und nickte. Umgehend verließ er den Raum.

„Was wollen sie von mir?", schrie ich flehend, doch der Mann machte keine Anstalten zurückzukehren. Wieder keine Antwort.

„So etwas passierte hier noch nie. Normal wurde dieser Boden nur von ungepflegten Säcken betreten, doch nicht von Männern mit dieser Klasse", flüsterte Paul, als ob wir abgehört werden würden.

„Was ist dir hier nur zugestoßen – sei ehrlich", forderte ich, ohne auf seine Bemerkung einzugehen.

„Hör mal. Ich muss es dir nicht grundlos verschweigen. Allein bei dem Gedanken daran, dass dir dasselbe wiederfahren könnte, verliere ich die nötige Beherrschung. Wir müssen das hier nur überstehen."

„Wenn du mich nicht im Ungewissen schwelgen lassen würdest, könnte ich mich auf das, was auch immer dir solche Sorgen bereitet, einstellen und mich darauf vorbereiten", entgegnete ich gezielt.

„Nein", er rieb sich mit einer Hand die Stirn und schien sich erst fassen zu müssen. „Auf das kannst du dich nicht vorbereiten. Je weniger du weißt, desto besser. Du musst mir nur eines versprechen – rede nicht all zu viel und behalte deine Gedanken für dich. Spiel ihnen einfach etwas vor. Die gestellten Fragen werden dich verwirren und verletzen. Du wirst wissen, was ich meine, wenn du in dieser Situation bist. Ich will dich nur vor etwas schützen, das mächtiger ist, als dein klarer Verstand. Bitte glaub mir, ich flehe dich an!"

Er atmete tief durch und wandte sich dann von mir ab. Mir fehlte es an Motivation, um ein weiteres Mal nachzufragen, die gewünschte Antwort würde ich wohl nie bekommen. Ich dachte über das Geschehene nach, über meinen Zusammenbruch. Über das, wie selbstsüchtig ich war. Ich liebte ihn. Doch was war nun richtig? Würde ich ihn ein zweites Mal verlassen? Wir beide könnten das nicht noch einmal durchstehen. Es würde uns zerstören.

Ich hatte mein Zeitgefühl verloren, doch ich musste einige Stunden geschlafen haben. Draußen war es hell, doch es drang nur wenig Licht durch das kleine Fenster. Sekunden später realisierte ich, dass ich alleine war.

Ich musste mich beruhigen. Würde Paul wieder kommen? Wir hatten uns noch nicht einmal über diesen Streit ausgesprochen. Geschweige denn, wo wir beide in unserer Beziehung nun stehen würden. Was wäre, wenn die vergangenen Tage in dieser Zelle meine letzte Chance dazu gewesen wären? Ich könnte es mir niemals verzeihen. Ich begann zu weinen, doch bald hatte ich keine Kraft mehr dazu.

Ich bemerkte, dass einige Zentimeter neben mir eine Feile lag. Sie war eingewickelt in eine weiße Serviette, mit kleinen, roten Flecken darauf. Ich musste mich nicht großartig darum bemühen, an die Feile zu gelangen. Jemand musste sie dort mit genauen Absichten platziert haben.

Ich war eingeschränkt in meiner Bewegung, weswegen ich einige Sekunden für das Auswickeln des
Gegenstandes brauchte. Kurz betrachtete ich den
benutzten Stoff, mehrere rötliche Flecken zierten
die Serviette, außerdem wirkte sie leicht abgegrif-
fen. Es schien alles inszeniert. An der Feile klebte
ein schmaler Zettel, den ich ablöste.

Ich las verwirrt die händisch verfassten Zeilen.
Ich atmete tief durch und ließ alles fallen, auch das
Metallstück. Ich bekam Angst. Angst vor dem, was
die mit uns vorhatten. Ich kauerte mich näher an die
kalte Steinwand.

*Die Neue Ordnung wurde uns gelehrt, jedoch
konnte kein Lehrer, kein Professor und keine andere Person dies so transportieren, wie es ein Tagebuch konnte. Ich konnte mich nicht ansatzweise in
diese Zeit hineinversetzen. Wie es sein musste, un-
terdrückt zu werden und wie es sein musste, keine
Chance zu haben einfach zu leben.*

*Mir kamen die Tränen. Ich hatte große Angst und
wollte mich nicht mehr damit befassen. Am liebsten*

hätte ich das Buch verbrannt, doch auch dies würde die Vergangenheit nicht mehr ändern.

Ich hatte irgendwie das Gefühl, dass ihr das jemand schuldig war, ihr Leben nicht zu vergessen – dafür hatte sie zu viel erlebt. Ich hatte keine Ahnung, wie eine Person ohne Hoffnung überhaupt so stark sein konnte, wie sie es war. Sie wurde gequält durch alle möglichen Tricks und Spielchen und verlor sich selbst. Sie wusste nach wie vor zu leben und zu hoffen. Woher nahm sie die Kraft?

Jemand öffnete die Tür und kam geradewegs auf mich zu. Es war der Wächter, der uns viermal täglich gestattete das Bad aufzusuchen, bestehend aus einem Loch im Boden und einer Art Solardusche. Der Mann öffnete die Schellen und packte mich grob am Arm. Er erblickte die Feile, reagierte aber nicht.

Er öffnete mir die knarrende Holztür und deutete auf die kahle Wanduhr, neben dem Fenster. Das Licht wurde durch die dichten Eisengitter stark abgedunkelt, doch es reichte, um die Hand vor dem

Gesicht zu erkennen. Ich hatte eine viertel Stunde Zeit für die tägliche Hygiene. Bei kaltem Duschwasser und einem Plumpsklo war dies nicht gerade komfortabel. Alles war verdreckt und alt. Ich zog mich eilig aus und wagte mich schließlich unter den kalten Wasserstrahl.

Ich musste mich beeilen, da mich der Mann vor der Tür gewiss auch nackt zurück in die Zelle zerren würde. Pünktlich stand ich nun vor der geschlossenen Tür und hoffte, wie jeden Tag aufs Neue, es würde niemand kommen um mich zu holen.

Der bärtige Mann riss die Tür auf und führte mich wider Willen zurück. Nach einigen weiteren Tagen ohne Paul nagte der Aufenthalt in der Zelle bereits an meiner Psyche. Ich hatte panische Angst um ihn. Genauer gesagt hatte ich Angst um all die Personen, die mir lieb waren und fliehen mussten. Was war mit Marco geschehen? War er überhaupt noch am Leben? Fragen, deren Antwort ich wohl nie erfahren würde, da ich eingebuchtet worden war.

Zurück im Kerker versuchte ich wie jeden Tag meine Fesseln mit der kleinen Feile zu durchtrennen. Meine Hände wurden immer blutiger, da ich mir wiederholt versehentlich meine eigene Haut ab raspelte.

Bei jedem Tropfen Blut, der auf dem nassen Boden landete, wurde ich an die Nachricht erinnert. Die Worte auf dem Blatt trieben mir immer wieder kalte Schauer über den Rücken. Es waren die Worte eines Mannes, etwa meines Alters, der ebenso hier seine Tage verbrachte. Er schrieb, er wolle lieber sterben, als ihnen ein weiteres Mal Auskunft über seine Ängste zu geben, da sie diese Worte nur gegen ihn und seiner Selbst verwenden würden.

Einige Zeilen später beendete er seinen Brief, indem er das Vorhaben schilderte, das ihm sein Leben kosten würde – er wolle sich mithilfe dieser Feile die Adern aufschlitzen, auch wenn dies dutzende Schmerzen und sehr viel Zeit in Anspruch nehmen würde.

Werde ich auch so enden? Bevor ich zu melodramatisch werden konnte, öffnete sich die Tür und es trat der übliche bärtige Mann ein, um mich zu holen. Ich hielt die Feile nach wie vor in meiner Hand. Er nahm sie mir nur ab und legte sie auf den Boden zu meinen bereits geöffneten Schellen. Ansonsten keine Reaktion. Wir betraten einen Gang, den ich noch nie zuvor gesehen hatte. Er war fensterlos und ringsum bestand alles aus Beton.

Der Mann sprach kein einziges Wort mit mir, auch nicht, als ich ihn fragte, wohin wir gehen würden. Er zog lediglich das Seil enger, das er provisorisch um meine beiden Handgelenke gebunden hatte. Etwa zehn Meter vor uns konnte ich eine Tür wahrnehmen, sie war das Ende des Tunnels und schien wie der Beginn eines modernen Hochsicherheitstraktes. Mit großen Schritten näherten wir uns der Sackgasse.

Ich konnte drei Kameras erspähen, die über den stählernen Türrahmen in jeweils andere Blickrichtungen montiert waren. Als wir im Sichtbereich der Überwachungskameras ankamen, entriegelte sich die eiserne Tür automatisch. Ohne Halt zu machen, betraten wir ein kahles Zimmer.

Der Raum war an drei Wänden weiß gestrichen, die vierte Wand jedoch bestand aus verspiegeltem Glas. In allen vier Ecken befanden sich weitere Überwachungskameras.

Der Mann löste meine Fesseln und verschwand durch eine zweite, rechts von mir liegende Tür. Vor mir stand ein gläserner Tisch, mit zwei sich gegenüberstehenden Stühlen. Ich fühlte mich beobachtet, doch ich versuchte die Fassung zu wahren.

Plötzlich trat ein kleiner, zierlicher Mann in Begleitung einer Frau ein.

„Miss Johnson. Nehmen Sie doch bitte Platz", forderte mich der kahlköpfige Mann mit einer Geste auf. „Nein danke. Ich stehe lieber", entgegnete ich monoton.

„Ich sage Ihnen, wie das hier laufen wird. Wir werden Ihnen einige Fragen stellen und Sie werden antworten. Wenn wir Ihnen also etwas befehlen" – die

Frau unterbrach Ihren Vortrag und stützte sich auf den Tisch ab, während sie sich in meine Richtung vorlehnte. Sie fletschte die Zähne und vollendete dann die Drohung, „dann werden Sie gefälligst nicht zögern es zu tun."

Langsam trat ich vor und setzte mich. „Angeline, nicht so grob bitte. Wir wollen unseren Gast doch freudig in Empfang nehmen oder etwa nicht?", sprach der Mann, ließ den Blick aber nicht von mir ab, ehe er hinzufügte, „Ich glaube, wir sind jetzt so weit."

Die Betonung lag eindeutig auf dem „jetzt". Auf sein Wort trat ein weiterer, mir unbekannter Mann ein, mit zwei Kabelbindern im Schlepptau.

Ich wusste, ich könnte mich nicht wehren, also ließ ich mich widerwillig festketten. Er legte die Schellen um meine Hände und um die Armlehnen des Sessels, sodass ich gezwungen war, sitzen zu bleiben.

„Wissen Sie, wo wir uns hier befinden, Miss Johnson?", fragte mich mein Gegenüber rhetorisch. Ich antwortete nicht. Ich musste an Pauls Rat denken und versuchte diesen zu befolgen.

„Ich nehme mir mal die Erlaubnis und werde es Ihnen erklären. Sie sitzen hier in einem Gefängnis für hoch kriminelle Gestalten, wie Sie es eben sind. Der einzige Unterschied zwischen Ihnen und einem Mörder ist, dass Sie in einem feuchten Drecksloch sitzen und der Mörder ein Zimmer wie dieses hier zur Verfügung hat. Komfort richtig? Sie fragen sich nun sicher, wieso dies der Fall ist, habe ich recht?", fragte der Mann nun aufgebracht.

Ich antwortete erneut nicht und versuchte meinen tauben Gesichtsausdruck nicht durch meine Wut oder Trauer zu zerstören. Der Mann begann nun laut zu lachen und wandte sich an die Frau: „Willst du es diesem Häufchen Elend sagen?

Nein, warte. Ich würde mir die Freude gerne selbst zuteil machen." Er kam mir näher und sah mich plötzlich entgeistert an.

Nach diesen Zeilen musste ich schlucken um nicht noch aggressiver auf die Personen um sie herum zu werden. Ich stieg aus meinem Bett und torkelte hinaus auf meinen Balkon, in der Hoffnung durch die Frischluft erneut zu Fassung gelangen. Doch es war nicht so einfach, wie ich dachte. Ohne es zu bemerken, begann ich zu weinen. Ich weinte für meine Großmutter.

Nach einigen Minuten wurde es mir zu kalt und ich legte mich erneut unter meine Bettdecke. Ich drehte alle Lichter ab und versuchte zu schlafen, doch ich konnte es nicht. Ich war zu nervös und zu sehr in den Geschichten gefangen, also las ich weiter.

„Sie sind viel dreckiger als ein Mörder", sagte er und brach in schallendes Gelächter aus.

Nach diesem Satz begann er zu schreien und es schien, als ob er vor nichts Halt machen würde: „Sie sind der Abschaum, der sich gegen die Neue Ordnung stellt und dann auch noch glaubt, er könne etwas verändern! Ist dem nicht so?! Sie glauben, Sie sind etwas Besseres und können unentdeckt ihr einsames, unglücklich penetrantes Leben führen?!

Dann will ich Ihre hirnrissige Weltanschauung mal auf den Kopf stellen, mein junges Fräulein! Sie können einen Scheißdreck und werden hier verrotten! Ganz recht, Sie werden hier. –"

„Das reicht jetzt!", unterbrach ihn jemand, der die Kühnheit dazu besaß, einen Mann mit rotem Kopf und Schreiadern zu sagen, wo es lang geht. Der Kahlkopf schien ehrfürchtig und beendete zugleich seine Schimpftirade.

Der Eingetretene trug einen weißen Arztkittel und hatte blondes aufgewirbeltes Haar. Sein Blick beruhte auf dem immer noch wütenden Mann vor ihm.

„Habe ich Ihnen nicht gesagt, dass Sie das lassen sollen?", er deutete dabei auf mich, doch hielt den Blickkontakt. Er öffnete die Tür hinter sich und forderte die beiden auf zu gehen. „Es tut mir sehr leid", entschuldigte sich der Mann, während er meine Fesseln löste. Er nahm Platz und öffnete einen Aktenumschlag.

„Mein Name ist Andreas Owlson. Ich bin der stationär betreuende Psychologe hier. Sie sind Joline Johnson, ist das richtig? Ich muss Sie das leider fragen, Verwechslungen sind bei unserem Personal keine Seltenheit", er lächelte freundlich und nickte, als ich nicht bestätigte, „Keine Antwort ist auch eine Antwort."

Er nahm einen Stift und begann damit ein Formular auszufüllen. „Was wollen Sie von mir?", fragte ich vorsichtig, nachdem ich immer noch von den Worten des Mannes zitterte. Seine Stimme hallte in meinen Gedanken, wie ein bösartiger Tumor.

Er atmete schwer durch, ließ den Stift fallen, verschränkte seine Finger und sah mich nachdenklich an. „Joline, ich mache hier nur meine Arbeit, nichts weiter. Wenn Sie mitarbeiten, kann ich Sie für heute schneller wieder gehen lassen und es wird nicht unangenehm werden", er sagte das mit einer solch sanften Stimme, dass ich das „unangenehm" beinahe überhörte.

„Ach ja? So wie bei meinem Freund Paul?", erwiderte ich missbilligend. „Ihrem Freund geht es gut, er wurde nur verlegt", antwortete er mit demselben sanften Tonfall wie zuvor. „Dann kann ich ihn ja wohl auch sehen", forderte ich und verschränkte die Arme vor der Brust. Diesmal antwortete mein Gegenüber nicht. Er füllte weiterhin die Lücken auf dem Papier, ohne mich zu beachten.

„Wissen Sie, es ist keine Kunst Menschen zu lesen. Auch nicht für jemanden, der keine Möglichkeit dazu hatte, auf einer Fünf Sterne Uni Psychologie zu studieren. Ich bin nicht dumm und ich weiß ganz genau, dass Sie mir etwas verbergen."

„Miss Johnson, wann sind Sie geboren? Bitte kooperieren Sie", fragte er unbeirrt meines Kommentars, ohne den Blick zu heben.

„21. März 2058", antwortete ich knapp. „Dann sind Sie in die Neue Ordnung hineingeboren worden, sehe ich das richtig?" Ich nickte um nicht unnötig Zeit zu vergeuden.

„Warum geben Sie dem System keine Chance?", fragte Owlson.

„Was geschieht, wenn ich diese Antwort verweigere?" „Dann frage ich Sie, wie sich Ihr Leben außerhalb dessen gestaltete", antwortete er schlagfertig.

„Wenn ich Ihnen keine Ihrer Fragen beantworte?", fragte ich erneut selbstgefällig. „Sie sind ein guter Mensch und Sie wollen nur das Beste für sich und Ihre Mitmenschen, davon bin ich überzeugt. Darum stelle ich Ihnen nun diese Frage – was wollten Sie erreichen, was waren Ihre Ziele – für was kämpften Sie so verzweifelt?", fragte er ruhig und gezielt.

Vielleicht war dies die Chance ehrlich zu sein, um einen Gedanken in das Hirn dieses Mannes zu pflanzen. Doch vielleicht war es auch nur eine Falle, um mich gestehen zu lassen, mich hier und jetzt für schuldig zu bekennen – mich für immer und ewig einzubuchten.

„Im Zweifelsfalle nichts Falsches sagen", dachte ich und antwortete: „Ich kämpfe für etwas, dass Sie vermutlich niemals verstehen würden."

„Trotzdem können Sie versuchen es mir zu erklären", sprach er fordernd und ließ den Stift fallen, um all seine Konzentration auf mich lenken zu können. Doch bald sah er, dass es aussichtslos war.

„Hören Sie", sagte er und lehnte sich weiter vor in meine Richtung, bevor er zu flüstern begann, „ Ich will Sie nicht so behandeln, wie ich Sie eigentlich behandeln müsste. Sie sind nicht wie die anderen. Doch wenn Sie mich zwingen, muss ich Sie zwingen zu reden. Also bitte, versuchen wir es einfach auf ein Neues."

Wieder einmal hatte ich beinahe die gesamte Nacht durchgelesen. Doch dieses Mal kam ich noch rechtzeitig in das Badezimmer, um mich ordentlich zu waschen und zu kleiden. Ich fühlte mich bereits wie ein Freak. Irgendwann musste ich einfach jemanden davon erzählen, anders würde ich das nicht mehr lange verkraften. Einige Minuten betrachtete ich mich im Spiegel und dachte darüber nach, welches Glück ich hatte, in dieser Zeit zu leben und wie viel Wert unser Alltag war.

Der Arzt schien mit sich selbst zu ringen. Irgendetwas verschwieg er mir. Was es auch war, ich musste es herausfinden. Er schien ein aufrichtiger Mensch zu sein, trotzdem hatte ich Angst davor, dass sich seine positive Stimmung vielleicht noch ändern würde.

„Miss Johnson, für was kämpfen Sie?", fragte er erneut.

Dieses Mal musste ich ihm antworten. „Ich kämpfe so wie viele andere dort draußen für die Rechte und die Gefühle der Menschen. Das System darf nicht alles beherrschen, nicht die Familien zerbrechen und vor allem nicht die Emotionen mit Gewalt unterdrücken.

Die Menschen sind nicht dazu bestimmt in einer solchen Kahlheit zu leben. Es dreht sich nicht alles nur um Arbeit, Lohn und Erfolg im Leben. Es ist so vieles mehr, das von Bedeutung ist und durch diese Neue Ordnung verloren geht." Ich musste einmal schwer durchatmen um mich zu bremsen und klaren Kopf zu bewahren. Für einige Sekunden war eine Totenstille im Raum. Sie war mir unangenehm, doch unserem Gespräch zufolge, war nicht ich der Auslöser. Ihm schienen die Worte zu fehlen.

„Das ist absurd. Miss Johnson, ich werde Sie jetzt zurückbringen lassen, die Sitzung ist hiermit beendet. Morgen folgt die zweite Sitzung, um in etwa dieselbe Uhrzeit", sagte Owlson und verließ zugleich den Raum.

Scheinbar traf ich einen Nerv, der ihn aus der Fassung brachte, doch trotzdem war seine Reaktion eher verbittert als einsichtig.

In der Zelle war ich wie gewohnt alleine. Paul wurde nicht mehr zurückgebracht. Ich konnte nicht mehr die Starke spielen, zu viel Zeit war schon vergangen, zwischen der Haft und dem normalen Leben.

All das zog mich immer tiefer in ein schwarzes Loch hinein, aus dem ich nicht mehr herauskam. Tränen stiegen in meine Augen und liefen über meine Wangen hinab. Ich kauerte mich an die Steinmauer und wiegte mich weinend in den Schlaf.

Am nächsten Tag wurde ich wieder durch den endlos lang wirkenden Tunnel geführt. Ich setzte mich auf den Stuhl und wartete auf den Psychologen. Welche Fragen ich ihm wohl heute wieder beantworten sollte?

Ich musste meinen Blick senken, da die gläserne Wand vor mir wie ein Spiegel arbeitete. Ich wollte mich nicht sehen, ich wollte nicht die Person sehen, die kurz vorm Aufgeben war und ich wollte nicht die Frau sehen, deren Augen rot vom Weinen waren. Ich wählte lieber die Tischplatte. Der Arzt trat lächelnd ein und setzte sich.

„Guten Tag, Joline", sagte er begrüßend, „Bereit für unsere heutige Sitzung?" Die Frage war zu rhetorisch formuliert, um Antworten zu können, also nickte ich widerwillig.

„Wie geht es Ihnen?", fragte er, wohl wissend, dass er selbst sehen konnte, wie es mir ging. „Sehr gut", antwortete ich stur. Er schloss die Augen und rieb sich mit einer Hand die Stirn. Auf einmal stand er auf und begann im Raum ruhelos hin und her zu gehen.

„So kommen wir hier nicht weiter", wiederholte er einige Male, bevor er sich erneut setzte. Das Einzige, das mich an ihm beruhigte, waren seine braunen Augen, deren Blick gezielt auf mir ruhte, egal was passierte.

Alles andere in seiner Gegenwart machte mich nervös. „Joline, dann beantworten Sie mir doch bitte einfach diese Frage – haben Sie Paul, ihren Freund, im Stich gelassen? Hätten Sie das nämlich nicht getan, wäre er kaum schon Stunden vor ihnen gefangen genommen worden, oder? Sie waren einfach nur selbstsüchtig und wollten nur um Ihre Sicherheit kämpfen, habe ich nicht recht?

Wie ist also das Gefühl, zu wissen, eine geliebte Person musste mehr leiden, als man selbst und das auch noch in dem Wissen, dass dies ihre Schuld ist? Wenn Sie ja ach so sehr für Emotionen kämpfen, müsste es ihnen doch sicher sehr dreckig gehen in genau diesem Moment. Auch sonst zu jeder Sekunde. Denn eines wissen wir beide ganz genau – davonlaufen, bringt nichts", er holte tief Luft,

„Zurück zu meiner Frage. Haben Sie ihn im Stich gelassen?", fragte er energisch, mit gehobenen Tonfall. Am liebsten wäre ich aufgestanden und gegangen, doch ich hatte keine andere Wahl, als zu bleiben. Mir diesen Mist anzuhören.

Bei jedem seiner Worte wurde ich aggressiver. Ich konnte auf diese Frage oder besser diesen Vorwurf nicht antworten, ich konnte nicht darüber nachdenken. Hätte ich dies getan, wäre ich an Ort und Stelle zusammengebrochen.

Er merkte, dass ich zögerte und dass ich zu zittern begann. „Ich habe ihn nicht im Stich gelassen!" „Sie lügen sich doch nur selbst an! Wieso tun Sie das immer wieder?" „Ich belüge mich nicht!", warf ich ein, doch er schien meinen Worten keine Beachtung zu schenken.

„Sie lügen sich schon seit Jahren an. Wie kann man sich nur selbst belügen und das immer und immer wieder?", er schrieb den letzten Worten so viel Missachtung und Abschaum zu, dass ich kaum mehr atmen konnte. „Was meinen Sie?", fragte ich tonlos.

„Sie lügen sich bereits seit Jahren vor, irgendwann eine Familie zu gründen und ihre Kinder im Garten zu beobachten. Die Tatsache, dass Sie unfruchtbar sind, mindert diese Umstände natürlich nicht im Geringsten. Aber ja, vielleicht wissen Sie es auch einfach nicht besser, ihre Ausbildung zur Krankenschwester scheiterte ja auch kläglich, wie das meiste andere in Ihrem Leben", sprach Owlson scharf.

„Wie können Sie es wagen! Sie haben kein Recht dazu!", schrie ich verzweifelt. „Ich habe jedes verdammte Recht dazu. Wissen Sie nicht mehr, wohin Sie ihr Weg gebracht hat? Sie sitzen hier im Gefängnis, genauso wie Ihre Psyche auch. In diesen Sitzungen unterliegen Sie also nicht mehr dem Recht, sondern allein mir. Ich kann mit Ihnen machen, was immer ich will", sagte der Mann und schlug mit der Handfläche auf den Tisch.

Er senkte seinen Blick und lehnte sich zurück. Einige Sekunden verweilte er in dieser Position und atmete laut ein und aus.

Mein Puls raste und ich musste all meine Beherrschung aufbringen, um nicht in Tränen auszubrechen. Auch seine Hände zitterten, als er sie wieder auf dem Tisch legte. Er sah mich mit einem eigenartigen Blick an, als wolle er mir etwas sagen, doch er konnte es augenscheinlich nicht. Ich stand kurz vorm Zusammenbruch und trotzdem schien es, als würde er unter diesen Umständen mehr leiden als ich. Niemand sagte auch nur ein Wort, doch schlagartig tat er mir leid. Er war keiner von denen, die einfach zu schreien beginnen, das sagte mir mein Gefühl.

„Ich weiß nicht, wieso Sie das tun, doch Sie müssen so nicht weitermachen. Was muss ich Ihnen sagen, damit Sie Ihre Arbeit als getan bezeichnen können?", fragte ich vorsichtig und versuchte nicht weiter über seine vorhergehenden Worte nachzudenken.

Er musterte mich mit zusammengekniffenen Augen. Dann stand er auf und umkreiste den Tisch. „Damit habe ich Sie also gebrochen? Wieso öffnen Sie sich mir ausgerechnet dann, wenn ich nachgebe? Genau dann, wenn ich den Schwachen spiele?"

„Nicht weil Sie nachgeben, sondern weil ich sehe, dass es Ihnen zusetzt, so mit mir zu sprechen und ich das Gefühl habe, dass ich Ihnen helfen muss. Vermutlich denke ich auch, dass Sie im Inneren ein guter Kerl sind", antwortete ich und bemühte mich, nicht allzu freundlich zu klingen.

Er sah mich noch einige Sekunden an, als ob er erst meine Worte realisieren müsste und nahm dann ein kleines, schwarzes Ding aus seiner Kitteltasche. Es hatte den Anschein, als ob er eine Nummer wählte um einen Anruf zu tätigen.

„Hol Sie hier raus", sagte er und fügte nach einer kurzen Pause hinzu, „Ja, ich bin mir sicher. Du schuldest mir noch etwas, vergiss das nicht. Also bitte erledige den Papierkram, das Geld kannst du vorerst auch von mir nehmen. Danke."

Mit einem flehenden Abschiedsgruß steckte er das winzige Telefon wieder zurück. „Ich kann Ihnen nicht sagen, wo sich Ihr Freund befindet, weil ich zu den Akten keinen Zugang habe. Ich werde nur dort eingeweiht, wo meine Fähigkeiten von Nöten sind. Aber ich kann Ihnen sagen, dass Sie hier raus kommen werden – heute noch", erklärte er ernst, „Die Kameras in diesem Raum habe ich vor unserer Sitzung abgeschaltet, das lag in meinen möglichen Befugnissen. Es wird niemals jemand erfahren, dass Sie nicht geredet haben. Ich werde eine Unterhaltung erfinden, die sich nicht auf Ihr zukünftiges Leben auswirken wird."

„Warten Sie, ich komme hier raus?", fragte ich misstrauisch, „Wenn das eines Ihrer Psycho – Spielchen ist, dann spiele ich nicht mit." „Hören Sie, Joline. Ich bin auf Ihrer Seite, Sie können mir vertrauen. Ob Sie das tun oder nicht, steht Ihnen frei."

„Wieso sollten Sie auf meiner Seite stehen?", fragte ich verwirrt. „Lassen Sie das doch einfach mein Geheimnis sein", antwortete er lächelnd. Ich wusste nicht, was ich davon halten sollte, vor allem fragte ich mich aber, was mit Paul geschah.

Auf mich zukommende Schritte rissen mich aus meinen Gedanken. Es war der Mann im Anzug, der mich vor einigen Tagen wortlos in meiner Zelle begutachtete.

„Joline", sprach er, während er mir seine Hand zum Gruß entgegenstreckte, „Kommen Sie bitte mit mir mit." Ich sah in Owlsons Richtung und sah ihn nicken. Was blieb mir besseres übrig, als ihm zu vertrauen?

Ich war gespannt, was sich außerhalb dieser Tür befand. Es machte mir Angst, doch ich verbrachte bereits zu viele Tage in einem geschlossenen Raum.

Der Mann ließ mir den Vortritt – die Freiheit war nun nur noch einen Schritt entfernt.

Ich wusste nicht, warum es mich so sehr überraschte, dass es in diesem Gang noch viel ungemütlicher war, als sonst wo in diesem Haus. Erneut war alles aus Beton und natürlich fensterlos. Das Kunstlicht machte die Wirkung noch kühler, als diese ohnehin schon war. Es begegneten uns einige sonderbare Gestalten. Die meisten davon waren männlich und trugen einen Anzug oder einen Arztkittel. Alle kamen und verschwanden in völlig unterschiedliche Richtungen. Niemand beachtete uns auch nur eine Sekunde. Wir schienen es nicht der Mühe wert zu sein.

Schließlich kamen wir zu einer Drehtür, die von einer Security bewacht wurde. Ich begann zu zögern und wurde augenblicklich langsamer.

Der Mann, der mir folgte, legte seine Hand um meine Taille und schob uns beide geschickt durch die Tür. Es benötigte nur ein unscheinbares Nicken des Mannes, um aus dem Haus zu gelangen und in einer schwarzen Limousine zu verschwinden. Wir setzten uns auf die Rückbank. Der Fahrer fuhr ohne Anweisungen los.

„Wer sind Sie? Wieso haben Sie mich vor einigen Tagen bereits aufgesucht ohne auch nur ein Wort zu sagen?", fragte ich zögernd.

Erst Minuten später antwortete er: „Es ist kompliziert. Tatsache ist, dass Sie gerade freigekauft wurden und Sie mir nun Ihre uneingeschränkte Loyalität schulden – als Gegenzug, sozusagen."

Er schmunzelte und holte dann ein Stück Papier aus der Innenseite seiner Jacke. Er reichte es mir. „Und wieso ich Sie mir angesehen habe – ich wollte mich persönlich davon überzeugen, dass Sie Ihr ähnlich sehen." Er deutete noch einmal auf das verwaschene Bild in meinen Händen.

„Wer ist das?", fragte ich stotternd. Ich erkannte eine gewisse Ähnlichkeit, doch es war sicher nicht mein Ebenbild. Es war ein kleines Mädchen, sicher nicht älter als zehn Jahre. Wieso sollte ich ihr ähnlich sehen? Auch einige Zeit später bekam ich keine Antwort.

„Mein Name ist Moritz Owlson. Es tut mir leid, dass ich mich nicht früher vorstellen konnte", sagte er lächelnd.

„Nicht der Rede wert. Meinen Namen kennen Sie ja scheinbar bereits", erwiderte ich. Ich reichte ihm das abgegriffene Foto zurück. Er steckte es behutsam wieder zurück an seinen Platz.

Wir fuhren auf einigen stark befahrenen Straßen, rings um uns befanden sich jeweils mindestens 20 Stockwerke hohe Häuser.

Die meisten bestanden aus schwarz getöntem Glas. Ich wusste nicht genau, wie ich mir die Städte immer vorstellte, doch sicher nicht so. Es wirkte alles viel zu natürlich und freundlich.

Auch der Mann links von mir wirkte nicht, als ob er zu ihnen gehören würde – zu denen, die alles um sich herum zerstörten. Seinem Anzug nach zu urteilen, lebte er im Wohlstand, trotzdem schien er ein bodenständiger Mann zu sein, wenngleich er sehr verschlossen und schweigsam war.

Meine Gedanken schweiften um die Absichten des Arztes und meines Freikäufers, wenn man so möchte. „Owlson, Owlson", dachte ich immer wieder, bis ich erkannte, dass beide denselben Nachnamen besaßen. „Sind Sie verwandt mit Andreas?", fragte ich vorsichtig.

Der Mann, namens Moritz sah mich entgeistert an. „Ja, er ist mein Onkel", antwortete er abwesend.

Es war bereits dunkel, als wir an den Straßenrand fuhren und der Fahrer den Motor abstellte. Als ich ausstieg, wurde ich von dem Anblick überwältigt. Wir standen vor einem der Häuser aus Glas.

Jede Etage besaß eine eigene Außenbeleuchtung, die den Straßenrand dementsprechend beleuchtete. Das Erdgeschoss bestand aus einer riesigen Glasfront, die sich automatisch vor uns öffnete. Darüber war der Name „Parlay Hotel" angebracht.

Als Moritz bereits in dem Gebäude war, stand ich immer noch außerhalb. Ich konnte die Schönheit dieser Straße einfach nicht fassen. Jedes Haus war anders als das nächste, doch alle waren umgeben von tausend Lichtern. Es war wunderschön.

„Joline!", rief Moritz mir zu und deutete mit offener Handfläche in das Gebäude hinein. Langsam trat ich ein und stand nun auf einem Boden, der aussah wie Marmor.

Der Glanz dieser atemberaubenden Fläche reflektierte die Deckenbeleuchtung und ähnelte einem Spiegel, in dem sich der Betrachter sehen konnte. In der Mitte des Raumes befand sich der Empfang, der ebenso glamourös war, wie alles andere auch.

Wir betraten den Lift. Der Mann betätigte die Taste mit der Aufschrift 63. Sie war die Letzte, in der obersten Reihe der angebrachten Tasten. Etwa eine Minute später erreichten wir unser gewünschtes Ziel.

Moritz ging geradewegs auf eine schmale, hölzerne Tür zu und entsperrte diese mit dem Knopfdruck auf einer Fernbedienung, die er mit sich trug. Wieder ließ er mir den Vortritt.

Ich befand mich in einer Wohnung, die vermutlich viermal so groß war wie das gesamte Stockwerk unseres alten Hauses. Sie befand sich praktisch auf dem Dach des Wolkenkratzers und außerhalb der Glasfront befand sich eine riesige Terrasse.

Meine Fingerspitzen strichen über säuberlich geputzte Möbel. Alles strahlte und glänzte, als ob es
gerade erst vor Minuten gekauft worden wäre.

Mein Weg führte mich zu einer Glastür, die ich
ohne zu fragen öffnete. Ich trat über die Türschwelle
hinaus und befand mich schlagartig in einer perfekt
scheinenden Welt. Ich vergaß beinahe zu atmen.
Moritz stand plötzlich neben mir und lächelte.

*Ich blätterte die Seiten durch in der Hoffnung den
Teil erneut zu finden, in dem sich meine Großmutter in der Neuen Ordnung verlor.*
*Plötzlich schienen die Worte meiner Eltern Sinn zu
ergeben. Sie hatte sich nicht mehr im Griff und vergaß ihr altes Leben. Sie tauschte Paul gegen Geld
und ihr altes Leben gegen den Wohlstand.*

„Gefällt es Ihnen?", fragte er und schien selbst wie
erstarrt von dem atemberaubenden Anblick. „Es ist
unglaublich. Die Häuser und die Straßen. All das
ist nicht verdreckt oder heruntergekommen – ganz
anders als bei mir zuhause". – ich stockte. Ich musste

vorsichtig sein, mit wem ich hier über welche Themen sprach.

„Ja... Es ist wunderschön", sagte er und deutete auf eine Sitzbank neben uns, „Bitte, nehmen Sie Platz."

Er richtete alles an sich zurecht, bevor er sich neben mich setzte. Sein Blick ruhte fest auf mir, als wollte er mir etwas per Gedankenübertragung vermitteln. „Sie fragten mich in der Limousine nach meiner Verwandtschaft – warum haben Sie das getan?"

„Sie haben denselben Nachnamen", antwortete ich verwirrt. Wieso sollte ich denn auch nicht fragen? Doch ehe ich mit diesem Gedanken abgeschlossen hatte, schoss mir die Antwort in den Kopf.

Das System, die Neue Ordnung, entfesselte strategisch Familien. Jedes Kleinkind wird sofort von seiner Mutter getrennt und wächst ohne diese auf. Es soll bestimmte Gesellschaften in den Städten geben, die sich dann um die Waisen kümmern, bis diese selbst arbeitsfähig sind.

Es war ein komplexes Unterfangen und es durfte nie ein Baby übersehen werden, denn sollte dies eintreten, würde es das feingliedrige Zahnradsystem vernichten. Lege einen Keil in ein winziges Zahnrad und es werden sich die tausend Folgenden nicht mehr drehen, da deren Antrieb stillgelegt wurde.

Ich war von mir selbst beeindruckt, wie viel ich hierüber Bescheid wusste, da ich alle Informationen immer nur durch Zufall aufschnappen konnte. „Ja. Nur Ihnen sollte bewusst sein, dass Familien der Vergangenheit angehören und der Doktor und ich demnach nur Bekannte sein können."

„Das tut mir sehr leid", ich machte eine Pause, ehe ich energisch fortfuhr, „Trotzdem ist es interessant, dass Sie sich noch an Familien erinnern können und dass Sie noch wissen, wie Sie beide zueinander stehen. Normal müssten Sie auf meine Frage vorhin keine Antwort parat gehabt haben." Er erhob sich und zupfte erneut an seinem Anzug herum, bis er perfekt saß.

„Joline, wir wissen beide, dass wir zwar Teil des Systems sind, wir aber trotzdem noch denken können", sagte er und verschwand augenblicklich in die Wohnung.

„Ja...", flüsterte ich und blieb sitzen. Ich konnte nicht anders, als die Umgebung auf mich wirken zu lassen.

Eine Frage quälte mich dennoch die ganze Zeit über – was war nur mit Paul geschehen? War er noch am Leben? Und wie würden wir nun zueinander stehen, da ich ihn praktisch bereits das zweite Mal im Stich ließ?

Ich konnte mich weder satt sehen, noch mich losreißen von dem Anblick, der sich mir auf dieser Terrasse bat. Es war, als ob dies Friede wäre, als ob hier jeder glücklich und zufrieden werden konnte.

„Sie bewundern die Architektur also immer noch?", fragte jemand, der seinen Platz im Türrahmen mit einem Glas Scotch eingenommen hatte. Ich nickte und starrte ungewollt auf sein Getränk. „Möchten Sie auch einen?", fragte er und hob das Glas etwas an.

„Nein, danke", antwortete ich und fügte nach längerem Grübeln hinzu, „Sind Sie glücklich?"

Er schien überrascht und irgendwie überfragt. Bevor er mir die Frage beantwortete, nahm er noch einen großen Schluck seines Getränks. „Ich denke, mein Leben ist in Ordnung."

Er merkte, dass ich mich mit dieser Antwort nicht ganz zufrieden gab und setzte sich erneut neben mich. „Gerade Sie sollten wissen, wo die Schmerzgrenze ist. Sie haben kein Recht dazu, einen Mann der Sie nebenbei gesagt die nächste Zeit erhalten wird, mit solch einer Frage zu konfrontieren! Das System – die Ordnung hält uns alle fest im Griff", mit jedem gesagten Wort wurde er aggressiver, bis sich seine Stimme beinahe überschlug vor Wut, „Trauen Sie sich ja nicht zu weit!

Unsere ganze Existenz ist geprägt von Kontrolle und Einsamkeit, doch mit der Zeit beginnt man sich daran zu gewöhnen, bis es zur Normalität wird." Er trank auf einen Sitz das halbe Glas Whiskey leer.

„Dann" – sagte er und musste sich am Türrahmen halten, um nicht umzukippen, „Dann kommen Sie und glauben, Sie könnten all das einfach zerstören?!

Sie haben Hoffnung, aber soll ich Ihnen etwas sagen? So etwas wie Hoffnung existiert nicht mehr! Wir sind alle am Limit angekommen, wir haben gekämpft vor langer Zeit, doch es zerstörte uns nur noch mehr.

Jemand will unseren Willen vor sich beugen, um danach darauf herumtrampeln zu können." Er legte sich eine Hand auf die Stirn und schloss für einige Zeit seine Augen.

„Es funktioniert... Ich habe aufgegeben. Wenn Sie hier überleben wollen, dann unterwerfen Sie sich gefälligst!", schrie er und deutete nun mit einen Finger auf mich, „Und wenn Sie in diesem Haus überleben wollen, dann meiden Sie dieses Thema – Sie reden nicht davon. Nein, Sie werden nicht einmal daran denken!"

Blitzschnell verschwand er von der Bildfläche und hinterließ eine Fahne von Alkoholgeruch. Sein Vortrag lag mir schwer im Magen.

Der Anblick von verbautem Geld und der unglaublichen Macht, die mit dieser Terrasse verbunden war, ließ mich in eine andere Welt abdriften. Es war so vieles um mich herum geschehen und ich dachte nur an die Lichter, die in verschiedenen Höhen an den

Häusern montiert waren. Wie konnte ich dem Ganzen hier nur wieder entfliehen?

Ich wusste nicht, was schlimmer war, als ich das Zimmer mit der blank geputzten Bar und dem riesigen Fernseher betrat – die Tatsache, dass ich mich für mich selbst schämte oder die Tatsache, dass Moritz bei einer Begegnung mit mir vermutlich erneut die Fassung verlieren und mich anschreien würde. Auf dem Sofa in der Ecke des Raumes lagen ein Kissen und eine Bettdecke.

Ich legte mich schlafen und versuchte nicht weiter über etwas Dergleichen nachzudenken. Doch dies gestaltete sich schwieriger als gedacht.

Am nächsten Morgen wurde ich vom Geruch frisch gebrühten Kaffees geweckt. Es war ein eigenartiges Gefühl, die Füße auf den Boden zu stellen und einen Teppich zu spüren, der beinahe weicher war, als das Sofa auf dem ich lag. Leise trat ich vor, bis ich die Küche erreichte.

„Guten Morgen", sprach jemand und drückte mir eine Tasse Kaffee in die Hand. Er war weit von einem freundlichen Gesichtsausdruck entfernt, doch ich hatte nicht mehr ganz so viel Angst vor ihm, als am Tag zuvor. „Morgen", sagte ich und nahm einen Schluck des brühend, heißen Getränks. All das schoss viel zu weit über meinen gewohnten Standard hinaus.

Es war zu schön, zu teuer und zu sicher. „Wieso haben Sie mich wirklich aus der Gefangenschaft geholt?" „Darum", antwortete er und drückte mir ein kleines Kuvert in die Hand. Ich öffnete es und entnahm einen sich darin befindlichen Brief. Das Geschriebene darauf bestand aus 3 Zeilen und etwa 10 Wörtern.

Einladung zum Spiel – und Scotch Abend im Royal
Sie & Begleitung
19°°, 18.07.2083

„Ich habe heute einige Termine für Sie erstellt. Sie werden zu all diesen Stationen gehen und sich am Abend wieder hier befinden. Wir werden pünktlich um 18:30 von hier abfahren", sagte er und gab mir einen weiteren Zettel, auf den folgende Punkte aufgeführt waren:

14 Uhr Maniküre
15 Uhr Pediküre
...

„Was soll das?", fragte ich verwirrt. „Ich sagte doch bereits, ich habe Sie freigekauft, deswegen gehören Sie nun auch in meine Obhut." Mit diesen Worten nahm er sein Jackett und verließ die Wohnung. Ganz unten auf der Liste stand:

Mein persönlicher Chauffeur wird Sie zu den Terminen in der Wohnung abholen. In Ihrem Zimmer liegt bereits das Kleid für heute Abend.
P.S. Es tut mir sehr leid, dass Sie heute die Couch benutzen mussten, doch Ihr Zimmer war noch nicht fertig geputzt – es stand seit Jahren leer und die Staubschicht war dementsprechend.

– Moritz.

Mein Zimmer? Ich stellte den Kaffee ab und durchstreifte die Wohnung, auf der Suche nach einem leerstehenden Zimmer.

Ich fand eine abgeschlossene Tür, auf der ein kleiner Schlüssel mit Klebeband befestigt war. Ich öffnete die Tür und fand einen Raum vor, der wunderschön war. Darin befand sich ein ledernes, schwarzes Doppelbett, worüber weiße Lacken einen Himmel bildeten. Alle Wände waren reinweiß gestrichen, der Boden war kastanienbraun und makellos.

Von diesem Zimmer aus führte ebenso eine Tür hinaus auf die Dachterrasse. Überall hingen Fotos in prunkvollen Rahmen. Im Raum stand ein Kasten, der rein aus Glas bestand. Darauf hing eine schwarze Kleiderhülle und daneben befand sich ein kleines, schwarzes Kästchen.

Ich nahm die Hülle und öffnete den seitlichen Reißverschluss. Der Inhalt war in dünnes Papier gehüllt. Ich traute meinen Augen kaum. In meinen Händen befand sich ein bodenlanges, schwarzes Kleid.

Der schwarz – seidige Stoff war versetzt mit goldenen Fasern, die im Licht schimmerten. Es hatte dreiviertel lange Ärmel und war schulterfrei, mit V – Ausschnitt. Es fiel zu Boden wie ein langer, dunkler Wasserfall.

In der Schachtel befanden sich dazu passende Schuhe mit hohen Absätzen. Ein goldenes Amulett und eine kleine, schwarz – goldene Tasche perfektionierten das Outfit.

Mein einziger Wunsch beim Lesen war eine Zeitreise zu unternehmen und sie zu ermutigen sich nicht auf den Wohlstand einzulassen. Alles andere würde sie vernichten. Doch schön langsam verlor sie an Kraft und verlor sich an das tödliche System. Ich konnte aus keiner Erfahrung sprechen, trotzdem dachte ich, dass sich eine Person nur eine begrenzte Zeit über Wasser halten könnte und wenn diese vorbei war, einfach ertrinken würde.

Wenn sie sich jetzt nicht zusammenreißen würde, wäre wohl ihre Zeit gekommen und sie würde eine

von ihnen werden. Doch noch hatte sie eine Wahl.
Noch konnte sie anders denken und umkehren.

Ich legte alles zurück an seinen Platz und verließ den Raum. Ich schloss ihn ab und steckte den Schlüssel in meine Hosentasche.

Ich lehnte einige Minuten an der Tür und konnte es kaum fassen. Wo war ich? Es war nichts vertraut, das Überleben schien im Schlaf zu funktionieren. Was war das für eine Welt?

Mein Weg führte mich in das Badezimmer, wo ich mich wusch und schließlich frisierte. Nun stand ich vor dem Spiegel, erschrocken von meinem eigenen Anblick. Es war eine Person, die alle Schönheit im Laufe der letzten Tage verloren hatte. Die Person war ich. Mein Gesicht war eingefallen und bleich, meine Haare dünn und spröde. Überall befand sich Dreck. Meine Nägel waren abgesplittert.

Ich hörte eine Stimme und eine Tür, die sich langsam öffnete. Vorsichtig ging ich den Flur entlang um nachzusehen, wer der unerwartete Gast war.

„Hallo! Ich bin froh, dass wir uns gleich sehen. Ich bin Patrick – Ihr Chauffeur. Ich habe gerade mit Moritz telefoniert, wir sind bereits leicht im Verzug."

„Wieso haben Sie einen Schlüssel zu dieser Wohnung?", fragte ich vorsichtig. Vor mir stand ein kleiner, bärtiger Mann mit einem großen Grinsen im Gesicht.

„Ich bin eine wichtige Person für Moritz, ich bin so etwas, wie sein Mädchen für alles", antwortete er lachend und öffnete die Tür. „Jetzt kommen Sie bitte. Ihr erster Termin wartet nicht ewig auf Sie und wenn wir uns am Anfang einen Fehler leisten, dann wird sich das auf alle Termine heute auswirken", sagte er und winkte mit der Hand in Richtung Tür. Ich zog mir die Schuhe über, die ich an hatte, als Marco mich rettete. Bis jetzt wusste ich nichts über sein Verschwinden, er war einfach verschollen und zeigte sich nicht mehr.

Bevor ich dem Mann folgte, nahm ich noch einen großen Schluck meines Kaffees. Dann warf ich die Tür hinter mir in das Schloss.

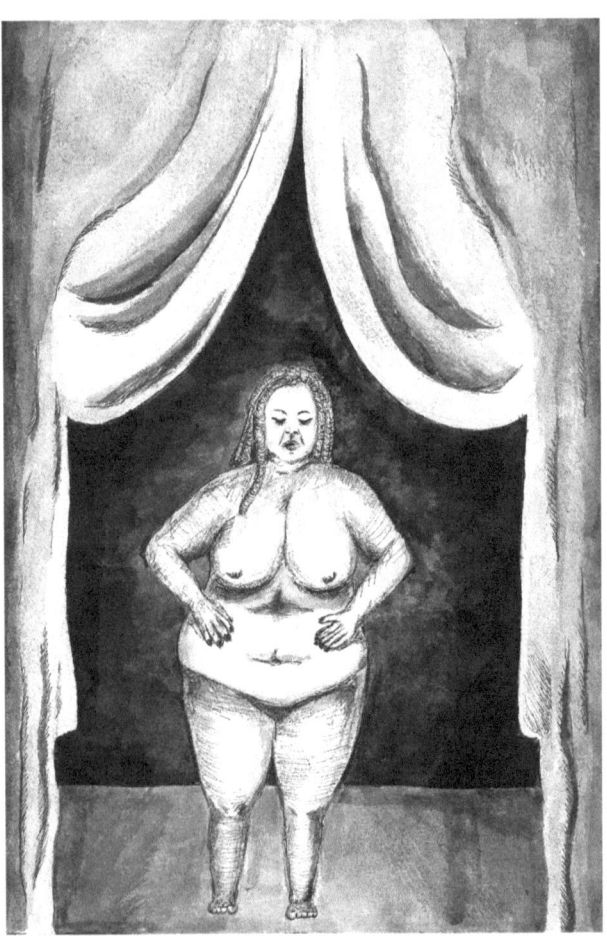

Ich lief zum Aufzug, in dem bereits der Knopf in das Erdgeschoss gedrückt wurde und versuchte nicht allzu verwirrt zu wirken.

Der Chauffeur öffnete mir jede Tür und überließ mir den Vortritt, bis wir schließlich in einer schwarz – goldenen Limousine saßen. Die Rückbank war mit Leder ausgekleidet und etwa zwei Quadratmeter groß. Wir fuhren einige Minuten, bis wir schlussendlich zum Stillstand kamen und Patrick mir wieder die Tür öffnete.

„Ihr erster Termin", sagte er und deutete auf eine gläserne Tür eines Hochhauses, fügte dann aber fordernd hinzu, „Sie haben genau eine halbe Stunde Zeit, ich werde hier auf Sie warten." Ich nickte und ging vorsichtig auf die Tür zu.

Als ich über die Türschwelle stieg, befand ich mich in einer eigenartigen, anderen Welt, die ich noch nie zuvor in dieser Art gesehen hatte.

„Guten Tag, haben Sie einen Termin vereinbart?", fragte mich eine kleine Frau hinter einem Tresen.

„Ja, ich denke schon", stotterte ich und wartete bis mich jemand aufforderte, etwas anderes zu tun als nur da zu stehen.

„Nehmen Sie bitte Platz, Miss Johnson", forderte eine Frau mit schwarz, blondem Haaren und aufgeklebten Fingernägeln.

Woher wusste sie überhaupt meinen Namen? Ich folgte ihren Forderungen und setze mich auf einen ledernen Stuhl vor einem weißen Tisch. Ich wusste nicht, was auf mich zukommen würde, nichts desto trotz bewegte ich mich nicht mehr vom Fleck.

„Welchen Anschein möchten Sie wahren Miss Johnson? Wir haben beinahe jede Farbe hier, die Sie sich wünschen könnten. Die Länge und Form der Nägel können wir uns dann auch noch ausmachen. Ist das Ihre erste Maniküre hier?", fragte mich die Frau. Ich stotterte einige Sekunden vor mich hin.

Es war für mich gleich bedeutend, ob ohne Farbe, mit Farbe oder Ähnliches. Trotzdem nickte ich freundlich und deutete auf eine der vielen Illustrationen in einer Broschüre, die mir vorgelegt wurde, ohne besonderen Hintergedanken.

Ich musste meine beiden Hände in dafür bestimmte Schalen legen, die wiederum auf einem Tisch vor mir lagen.

Die Frau kam im Nu erneut auf mich zu und setzte sich auf einen Hocker gegenüber von mir. Sie lächelte mich an und lenkte dann ihren Blick auf meine Nägel. Sie begann diese mit verschiedenen Werkzeugen zu bearbeiten, deren Sinn mir erst klar wurde als sie Verwendung an mir fanden.

Anfangs war es eigenartig, jemanden bei der Arbeit an meinem Körper zu beobachten, doch nach einigen Minuten genoss ich das Gefühl verwöhnt zu werden und gleichzeitig nicht einmal mit der Wimper zucken zu müssen.

Ich schloss für einige Zeit meine Augen und machte es mir auf dem Ledersessel gemütlich. Nichts konnte mir etwas anhaben – ein Gedanke mit dem ich mich anfreunden konnte.

Der Raum wurde von angenehmer Musik durchströmt. Einen Moment schien ich eingenickt zu sein, da ich von etwas Kaltem geweckt wurde. Meine Hände lagen in einem Eisbad, doch als ich sie sah, erkannte ich sie kaum wieder.

Meine Nägel erstrahlten in einem sanften Blauton und waren auf eine angenehme Länge gekürzt worden. Die Ecken waren gleichmäßig und so symmetrisch, als hätte die Angestellte mit einem Kurvenlineal gearbeitet. Meine Haut war nicht mehr so glanzlos und spröde, sondern weich und fühlte sich unbeschwert an.

„Sie können Ihre Hände nun abtrocknen, Sie sind fertig mit der Behandlung", forderte die Frau und legte einen Zettel auf den weißen Tisch. „Wenn Sie so nett wären und würden diesen Beleg Mr. Owlson geben? Er mag es lieber gedruckt auf Papier. Er ist ein besonderer Mann", sagte sie und machte sich zugleich lustig über ihn.

Ich trocknete mich ab und nahm anschließend das Stück Papier. Ich schüttelte ihre Hand und verabschiedete mich aus dem Saloon.

Patrick wartete vor der Tür auf mich und öffnete mir sogleich den Wagen. „Soll ich Ihnen den Bon abnehmen, Miss Johnson? Ich möchte Sie bitten, mir die Last des altertümlichen Mr. Owlsons zu überlassen", bat er höflich.

Ich warf einen letzten Blick auf die schwarz gedruckte Tinte und erhaschte die Zahl 1100 Dollar und das Wort Endsumme, ehe ich die Rechnung dem Fahrer überreichte. Der Betrag ließ mich zusammenzucken. Wieso war er so großzügig?

Wir fuhren wenige Häuserblöcke weiter und hielten auf der rechten Straßenseite. Dies war wohl mein nächster Termin.

Ich betrat einen Raum, ähnlich wie den Maniкür Saloon, nur noch etwas glamouröser. „Guten Tag. Sie müssen wohl Miss Johnson sein, liege ich da richtig?", fragte ein junger, gut gekleideter Mann. Ich antwortete und versuchte etwas überzeugter zu klingen, doch es schien mir nicht sehr gut zu gelingen, da mich der Mann entgeistert ansah.

„Sehr gut, Ihr Platz ist bereits vorbereitet, wenn es Sie nicht stört, möchten wir Ihnen eine Behandlung im gleichen Stil Ihrer Maniküre zu Herzen legen." „Ja, damit wäre ich bestimmt sehr zufrieden", antwortete ich und folgte ihm bis zu einem Stuhl, auf dem ich Platz nahm.

„Erschrecken Sie bitte nicht, bleiben Sie einfach ganz entspannt", beruhigte er mich, während er auf einer Fernbedienung herumdrückte. Plötzlich bewegte sich der Sessel und ehe ich mich versah, befand ich mich in einer liegenden Position.

Jemand drückte mir etwas Kleines in meine Ohren und verschwand danach. Ich lag also alleine auf einem Stuhl und musste erneut auf mein Glück warten. Später legte der Mann meine Füße in zwei Schalen. Er fragte mich, ob es so angenehm sei und ob er die Klänge aktivieren dürfe. Ich antwortete mit ja, da ich keinerlei Ahnung von dem hatte, was er ansprach.

Er nickte mir ein weiteres Mal zu und befahl mir mich nicht mehr zu stark zu bewegen.

Allmählich bekam ich es mit der Angst zu tun, doch ich versuchte mir nichts vorzumachen – die Gefangenschaft war in jedem Fall angsteinflößender. Mit einer Fernbedienung schloss er den Raum, in dem

ich mich befand ab, der nun um die fünf Quadratmeter betrug.

Es war dunkel, zu dunkel. Mein Atem wurde un-
ruhig und ich begann zu zittern. Alte Erinnerungen
kamen erneut hoch. Ich wollte am liebsten nur noch
weglaufen, vor dem was auf mich lauerte, vor dem
Unbekannten.

Meine Nerven schienen sich zu verdünnen und
meine Gedanken wurden schummrig. Ich spürte
ein leichtes Kribbeln auf meinen Fußsohlen und danach eine Flüssigkeit, die sich um meine Haut legte.
Ich hatte Angst.

„Miss Johnson, Sie müssen ruhig verweilen!", sprach
der Mann genervt durch das Mikrofon in meinen
Ohren.

Ich konnte nicht darauf reagieren, war einerseits
wie gelähmt und andererseits stetig am herumfuch-
teln. Seine Stimme war hart und gefühllos, nicht
mehr so freundlich wie zuvor.

„Miss Johnson!", schrie er beinahe. Ich wusste
nicht darauf zu reagieren. Tränen liefen über meine

Wangen, auch wenn die leise Hintergrundmusik in meinen Ohren mich zu beruhigen versuchte. Es schien, als würde mich von einem zum anderen Augenblick all das stets freundlich Wirkende erdrücken, ich bekam keine Luft mehr, war wie gefesselt – erneut.

„Helfen Sie mir, bitte! Ich brauche Hilfe!", schrie ich instinktiv, wobei sich meine Hände zu Fäuste ballten.

„Joline", flüsterte eine mir bekannte Stimme, „Es ist alles in Ordnung. Aber bitte beruhigen Sie sich, so darf Sie niemand sehen."

Die Stimme war so einfühlsam und sanft, wie es selten sonst der Fall war. Der Mann nahm meine rechte Hand und versuchte meine Finger zu lockern, die inzwischen blutende Narben hinterließen.

Ich öffnete die Augen und kämpfte mit dem Licht, das auf mich gerichtet war. Ich erkannte nur Umrisse, doch nach einer Zeit wurde die Kontur zu einer Textur. Es war Moritz Owlson.

„Sie sind hier – warum sind Sie hier?", fragte ich verwirrt und entzog ihm meine Hand, ohne auf das Blut zu achten. Sein Blick ruhte lange Zeit auf mir, er sah mir in die Augen, als ob er hoffen würde, etwas lang verloren Geglaubtes zu finden.

Er zückte ein Taschentuch und tupfte die rote Flüssigkeit auf seinen Händen ab. Danach folgten meine Hände. Er antwortete nicht, lange Zeit später bedauerte er: „Ich habe Termine."

Er wandte sich um zu gehen, hielt jedoch noch einen Augenblick inne, ohne mich auch nur anzusehen. „Miss Johnson – ich habe Sie gerettet, vergessen Sie das nicht. Ich will, dass Sie sich hier pflegen lassen und ich will dass Sie sich hier benehmen, ist das klar?"

Mir verschlug es die Stimme, sein Ton war scharf und grob, als ob er mich als sein Eigentum gerade eben so dulden würde. Ich nuschelte leise „ja" und ehe ich mich versehen konnte, war er verschwunden. Falls es sein Ziel war mich zu verwirren, war er erfolgreich.

„Miss Johnson, können wir nun fortfahren?" Die Türe wurde wieder geschlossen, aber dieses Mal blieb das Licht brennen.

Es gab mir ein wenig mehr Sicherheit, immerhin wusste ich auch nach zehn Minuten noch, wo ich war, indem ich einfach meine Augen öffnete. Die Schalen in denen sich meine Beine befanden, füllten sich mit lauwarmen Wasser und eine Massage der Fußsohlen setzte dazu ein. Eine leise Musik begleitete diesen Vorgang. Danach betrat eine schlanke Frau den Raum und legte sämtliche Werkzeuge neben sich. Sie nahm meine Füße und arbeitete einige Zeit daran.

Anschließend legte sie mir ein Tuch darüber und befahl mir, mich weiterhin nicht zu bewegen. Es dauerte nicht lange, bis sie wieder kam und mich erlöste. Zum ersten Mal konnte ich einen Blick darauf werfen.

Die Nägel an den Füßen waren nicht mehr abgesplittert und passten farblich exakt zu meinen Fingernägeln. Ich bedankte mich oder versuchte es zumindest – hinterließ aber eher einen reservierten Eindruck.

Ich bestritt meinen Weg zurück zu Patrick und stieg in seine Limousine. „Seien Sie doch so nett und jagen Moritz keinen solchen Schrecken mehr ein wie heute", forderte Patrick starr. „Er war kaltherzig und ignorant. Nur weil er mir meine Hand gehalten hat, soll ich ihn etwa verehren?"

„Nein, aber Sie sollen wertschätzen, was er für Sie tut und getan hat. Er ist verletzlicher als Sie denken mögen. Tun Sie ihm nicht weh", sprach er schroff und sah mich dabei kein einziges Mal an, als wäre ich Abfall.

Wie sollte ich ihm bitte wehtun? Wir fuhren dieses Mal länger als zuvor, doch die gleich aussehenden Häuser nahmen kein Ende.

Als der Wagen hielt, stieg ich aus und wurde nicht von meinem Chauffeur gelotst wie gewohnt. Er verweilte im Auto. Ich schlug die Tür zu und erinnerte mich daran, was auf dem Zettel von heute Morgen stand.

Einige Meter weiter befand sich ein hohes Gebäude und über der Eingangstür befand sich das Wort „Friseursaloon", in einer geraden und aufstrebenden Schrift, was wohl mein nächstes Ziel war.

Ich ging hinein und wurde freudig empfangen, doch vermutlich war nicht ich der Grund zur Freude. Eher das Geld war die Motivation. Die Menschen darin waren an ihr Aufgabenfeld angepasst – leicht verrückt und dennoch seriös. Ich durfte vor einem Spiegel Platz nehmen und wurde sogleich bearbeitet.

Meine Haare wurden gewaschen, geföhnt und dann erneut angefeuchtet. Mir wurden einige Bilder von verschiedenen Frisuren gezeigt. Ich musste auf eines zeigen um hier wieder heraus zu kommen.

Ich deutete auf eine mittellange Frisur mit leichten Wellen und einer dunkleren Haarfarbe, da mir diese empfohlen wurde. Der Spiegel wurde vor mir verdeckt und erst nach der Prozedur wieder enthüllt.

Als ich mich anschließend erblickte, konnte ich mich kaum mehr erkennen. Meine Haare waren so voluminös, wie nie zuvor und all der Split und die aufgesprungenen Enden wurden beseitigt. Die dunkle Haarfarbe unterstrich die Farbe meiner Augen. Ich war wunderschön.

„Danke", flüstere ich leise, ohne den Blick von dem Spiegelbild abzulassen. „Gerne, die Rechnungen sind bereits beglichen, wir freuen uns auf den nächsten Besuch von Ihnen", sprach die Frau, beinahe auswendig gelernt. Ich nickte und verließ das Haus.

Soweit ich mich an die Liste erinnern konnte, war dies mein vorletzter Termin gewesen, der Letzte bestand darin mich schminken zu lassen und mir somit den unechten Schliff zu verpassen, der mir für die Stadt scheinbar fehlte.

Patrick hob die Hände in die Luft und schlug sie anschließend vor sich zusammen. „Wow!", schrie er keuchend und ließ seinen Blick keine Sekunde mehr von mir ab.

Ich konnte nicht leugnen, dass mir das Gefühl gefiel, angesehen und bestaunt zu werden. In seinem Wagen hielt er mir einen Vortrag darüber, wie unglaublich wirkungsvoll meine Veränderung sein würde und wie gerne er mich nun ausführen würde.

Bei meinem nächsten Termin angekommen, musste ich die übliche Tortur ertragen, von der Wahl der Farbtöne bis hin zur Strichführung und Konturierung meiner Lippen.

Als ich mich danach betrachtete, schnappte ich nach Luft und wohl etwas zu laut, da alle Mitarbeiter leise lachten. Ich fühlte mich zwar begraben unter einer tausend Kilo schweren Decke voll Make – Up, nichts desto trotz verliebte ich mich in mein neues Abbild.

Wieder in der Wohnung angekommen, blieb mir endlich Zeit für mich selbst. Ich torkelte erschöpft auf die Terrasse und starrte hinauf in den Himmel, der mit Wolken bedeckt war.

Es war bereits die Dämmerung eingetreten und ich wurde langsam aber sicher von einer schwarzen Umgebung eingeschlossen. Ich hörte eine Tür ins Schloss fallen und wenige Augenblicke später spürte ich eine Hand auf meiner Schulter. Ich trat einen

Schritt zur Seite und erblickte Moritz, der mich überraschte.

„Vollkommen, ganz wie erwartet", flüsterte er, während er mich genauestens musterte. Ich konnte nicht anders, als zu lächeln. „In einer halben Stunde werden wir abfahren. Das Kleid ist wohl nicht zu viel verlangt?"

Joline konnte sich nicht so verformen. Ich hatte das Gefühl, dass jemand anderes dieses Tagebuch für sie weitergeführt hätte. Ich konnte mir vorstellen, dass sie sich schön fühlen möchte, doch auf diesem Weg?

Sie ließ Paul einfach zurück, wie ein altes Spielzeug, das ausgedient hat. Schön langsam verstand ich immer mehr, was meine Eltern meinten, als sie sagten, die sei eine Närrin gewesen.

„Nein", antwortete ich und machte mich auf den Weg in das Zimmer, in dem ich es am Morgen aufgefunden hatte. Ich streifte mir meine derzeitigen Klamotten vom Körper, nahm zuvor noch eine Dusche und schlüpfte dann in das Kleid.

Es hatte die perfekte Länge. Sofort verliebte ich mich in den seidigen Stoff und strich ihn entlang meiner Hüfte glatt. Ich schlüpfte in die dazu passenden Schuhe und versuchte nicht umzukippen. Taumelnd ging ich zu einem Spiegel, um mich zu betrachten.

Ich versuchte die Kette anzulegen, doch es gelang mir nicht. Nach drei Versuchen gab ich es auf und legte diese auf einen Stuhl direkt neben mir.

Während ich mein Dasein bestaunte, wurde mir bewusst, dass ich den ganzen Tag über meine Sorgen vergaß. Ich vergaß an Marco und Paul zu denken – ich vergaß um sie zu trauern – ich vergaß die beiden.

Einen Moment lang schloss ich meine Augen und stellte mir vor, wie Paul mich umfassen würde, wie wir gemeinsam vor diesem Spiegel stehen würden und gemeinsam lachen würden. Er würde mein Haar zur Seite streifen und mich sanft am Hals küssen. Er würde meinen Arm nehmen und mich an sich ziehen, während er mir über den Rücken streichen würde. Er wäre für mich da, würde mich in den Arm nehmen und mich leidenschaftlich küssen. Doch nichts von all dem war nun mehr möglich und ich trauerte nicht darum.

Sekunden nach diesem Gedanken spürte ich einen festen Druck an meiner Rückseite. Es war Moritz, der mich nun umfasste und mir in das Gesicht hauchte. Er nahm mein Handgelenk und drückte mich gegen den Spiegel. Er legte seine Arme um mich und ließ mir keinen Raum.

Ich wusste nicht, wie mir geschah und war zu perplex um rechtzeitig zu reagieren, bevor seine Lippen auf meinen lagen.

Ich versuchte ihn von mir wegzudrücken, doch es gelang mir nicht. Mir wurde bewusst, dass er betrunken war, was noch lange keine Entschuldigung dafür war, doch wohl eher der Grund.

Er nahm mich kurzerhand hoch und trug mich in Richtung Bett. Meine Hände begannen zu zittern. „Nein!", schrie ich, doch es schien ihn nicht zu erreichen.

„Nicht jeder verfügt über mich, sieh dich als die Glückliche", stammelte er, während er mir das Kleid immer weiter nach oben schob. Jede kleinste seiner Bewegungen erinnerte mich an den Missbrauch an mir vor einigen Jahren auf der Straße. Ich begann instinktiv zu schreien und schlug gegen seine Brust, doch je mehr ich mich wehrte, desto größer wurde seine Lust.

Die Luft schien knapp zu werden und ich kämpfte mit mir, um mich nicht übergeben zu müssen. Auf einmal dröhnte mein Kopf mehr als je zuvor und ich drückte mich gegen die Kissen. Ich wölbte mich vor Schmerz, mein Bauch brannte und meine Beine zitterten. Alles schien in Zeitlupe abzulaufen. Eine Gestalt zog den Täter herab von mir und schob diesen sofort aus dem Zimmer, die Tür wurde verriegelt. Der Schatten kam näher und ich versuchte mich aus dem Bett zu robben, doch es gelang mir nicht. Mein Körper war wie taub, nur mein Geist arbeitete auf Hochtouren. Meine Sinne versagten. Ich nahm Töne wahr, konnte sie aber nicht zuordnen, es ergab keinen Sinn. Nichts ergab mehr Sinn.

„Joline Johnson, sehen Sie mich an!", schrie eine Stimme. Ich öffnete meine Augen und starrte in die Augen des Psychologen, Dr. Owlson. Langsam kam ich zur Ruhe und nahm seine Umarmung an. Ich krallte mich an ihm fest, als ob er sofort wieder verschwinden würde.

„Alles ist in Ordnung", flüsterte er, „Es tut mir sehr leid." Mein Atem ging unregelmäßig und ich musste in Gedanken mitzählen, wie oft ich atmen musste pro Minute, um nicht zu kollabieren.

Ich fand keine Worte, weder um ihm zu danken, noch um meine Gefühle in diesem Moment zu beschreiben. Dr. Owlson schien es genauso zu gehen, da er nun seit einiger Zeit stumm an der Bettkante saß und mich entsetzt ansah. Er schniefte einen Augenblick, bevor er das Gespräch suchte: „Joline, ich muss Ihnen etwas sagen." Er machte eine längere Pause, fuhr dann aber ruhig fort: „Als Moritz Sie aus dem Gefängnis, dem Verhör holte, telefonierte ich einige Zeit zuvor mit ihm, um ihn von etwas Besonderem zu überzeugen. Ich habe Schuld an all dem, es tut mir sehr leid."

Ich sah ihn blinzelnd an und versuchte die Botschaft in dem Gesagten zu entschlüsseln, doch es gelang mir nicht. Was meinte er mit: „es sei alles seine Schuld gewesen"?

„Moritz hat Sie nicht aus freien Stücken herausgeholt und es war auch nicht so einfach, wie es vielleicht gewirkt haben mochte. Es steckte ein größerer Plan dahinter. Größer, als er vielleicht für uns beide zuvor geschienen haben mochte. Sie wurden freigekauft, wie eine Ware und sind nun ein Objekt von Moritz – rechtlich gesehen."

Ich spürte wie sich meine Hände zu Fäusten ballten und wie ich langsam die Fassung verlor. Ich ließ seine Worte Revue passieren, doch es änderte sich nichts an der Bedeutung für mich.

Er fuhr erneut fort: „Rechtlich gesehen darf er alles mit Ihnen anstellen, was er möchte, Menschenrechte existieren in Ihrem Fall nicht. Also wenn man das nun umlegt, auf meine Tat vor ein paar Momenten, habe ich mich strafbar gemacht, indem ich Sie vor einer Vergewaltigung bewahrt habe."

Mir wurde schlagartig schlecht und ich schien den Boden unter mir erneut zu verlieren, während ich aufsprang und mir Tränen über die Wangen liefen. Ich lief in das Badezimmer und beugte mich über die Klomuschel. Ich übergab mich – mehrere Male. Ich fühlte mich leer und ausgelaugt.

Ich wusch mir den Mund und betrachtete mich anschließend in einem Spiegel. Das einzige, das ich wahrnahm war ein Bild aus Lug und Betrug, ein Objekt gefangen in einer unmenschlichen Welt, einsam. Verdammt einsam und lustlos damit weiterzumachen. Ich hörte ein Hämmern an der Holztür.

„Es tut mir so leid Joline, bitte das müssen Sie mir glauben! Was hätte ich sonst machen sollen? Sie weiterhin durch meine Befragungen belasten? Sie weiterhin in einem Kerker wissen? Das konnte ich nicht! So haben Sie wenigstens die Chance, ein Leben zu führen. Und der Plan ist zu wichtig, er muss funktionieren, ansonsten sind wir alle geliefert!", schrie Dr. Owlson verzweifelt.

„Welches Leben. Und welcher Plan, verdammt!", antwortete ich trauernd und krallte mich am Waschbecken fest. „Ein Leben. Auch wenn es sicherlich nicht das ist, das Sie erwarteten und sich erhofften", antwortete er beruhigend und sanft. Ich öffnete die Tür und sah einen Mann vor mir, der es wirklich bereute, was er getan hat.

Ich schloss die Augen, nickte und ging ohne mich nach ihm umzusehen, vorbei. Ich trat hinaus in die Kälte der Nacht. Mein Kleid wehte leicht im Wind. Ich starrte auf die Lichter an den Häusern und schaltete meinen Kopf und meine Emotionen nur für einen kostbaren Moment lang aus. Ich fühlte nichts.

Ihr Leben schien immer komplizierter zu werden. Zuerst wurde sie in eine der Städte gebracht und anschließend freigekauft. Ich bewunderte Joline dafür, dass sie trotzdem immer wieder aufstand, auch wenn sie eine grauenhafte Nachricht bekam. Sie versuchte immer weiterzukämpfen, egal was geschah.

Ich ging zu meinem Kleiderschrank und öffnete die linke Schiebetür. Unter einem Stapel von Bettwä-

sche nahm ich eine kleine Schuhschachtel heraus. Ich blies den Staub weg und öffnete den Deckel. Darin befand sich eine kleine schwarze Schachtel. Ich schloss die Tür meines Zimmers ab und setzte mich zurück auf mein Bett.

Vorsichtig öffnete ich sie. Es war so wunderschön – darin befand sich die kristallene Kette, die Moritz ihr zu jenem Scotch Abend schenkte. Ich strich mit meinen Fingern über die Form der Kristalle. Ich fand die Schachtel auf dem Dachboden, mit dem Tagebuch. Zuerst dachte ich, sie sei nichts Besonderes, doch als ich die letzten Seiten las, wusste ich, sie war mehr als nur irgendeine Kette.

„Joline, es tut mir sehr leid", flüsterte eine Stimme hinter mir. Ich konnte mich nicht mehr bewegen und fühlte mich, als ob jemand einen Stein auf mich fallen ließe, als ob er mich nur erdrücken wollte – innerhalb von wenigen Sekunden.

Ich nickte und betrachtete weiterhin die weiße Wand vor mir. „Ich habe gedacht, ich hätte mich im Griff. Aber aus irgendeinen Grund habe ich meine

Kontrolle verloren", sagte er erneut. „Ja", antwortete ich scharf. Er legte mir seine Hand auf meine Schulter und strich darüber. Ich zuckte zusammen und sprang von dem Stuhl auf. „Bitte lassen Sie mich in Ruhe. Ich habe mit Ihrem Onkel gesprochen – er hat mir gesagt was ich für Sie bin", sprach ich stotternd.

„Nein", sagte er und ließ seine Augen für eine Weile geschlossen, als ob er sich zu aller erst sammeln müsste. „Wie viel wissen Sie?", fragte er grob.

„Alles. Der Kauf eines Objekts ist mir nach wie vor hängen geblieben." „Bitte. Ich hatte keine andere Wahl. Owlson hat mir gedroht, ich konnte nicht aus", sprach er, „Hätte ich nein gesagt, wäre meine Existenz vermutlich gefallen."

„Verdammt nochmal, es ist mir komplett egal, ob Sie ansonsten überfahren worden wären oder ob Sie erpresst wurden. Sie können mich nicht einfach so eben einmal in eine von Ihren dreckigen Schubladen stecken und mich vielleicht dann auch noch als Lustobjekt verwenden! Ich hätte Sie niemals so eingeschätzt, doch scheinbar darf man hier, an diesem Ort nicht mehr an das Gute im Menschen glauben!

Und was war verdammt nochmal mit diesem Foto, das Sie mir zeigten? War das alles nur ein Spiel?!

Ich glaube nicht, dass ich Ihnen je wieder in die Augen sehen kann, ohne ein Schwein zu sehen!", schrie ich, während ich in Tränen ausbrach und wild durch den Raum tigerte.

„Joline", sagte er ruhig und strich mir leicht über den Arm. Ich zog meinen Arm schnell zurück und schlug ihm in das Gesicht. „Lassen Sie mich gefälligst in Ruhe!"

„Das kann ich nicht", sagte er sanft und trotz meines Schlages, schien er sich nicht aus der Fassung bringen zu lassen, „Ich weiß, das war nicht koscher, aber ich will es wieder gut machen."

„Einen Scheiß wollen Sie!" „Ich will. Doch." „Nein!" „Joline! Ich bin auch nur ein Mensch und nicht gerade perfekt! Ich habe meine Fehler und trotzdem auch meine guten Eigenschaften, doch Sie lassen mich im Moment nicht einmal ansatzweise an sich ran, um Ihnen das zu beweisen", rief er argwöhnisch. „Wissen Sie, warum ich Sie nicht mehr an mich ranlasse? Glauben Sie ich mache das aus Spaß?!", antwortete ich auf eine nicht gestellte Frage.

„Nein, das denke ich nicht. Aber ich weiß, dass sie mir noch eine Chance geben. Ich weiß, Sie sind anders. Ich weiß, Sie sind besser als wir." „Ja, wissen Sie was? Ja, das bin ich! Ich bin eine Person, die nie jemanden leicht verurteilt und ich bin nie großartig nachtragend! Doch in Ihrem Fall wäre jede Frau nachtragend. Nein, jede andere Frau würde nicht mehr hier stehen – sie würde nicht mehr dieselbe Luft einatmen wollen, die auch Sie atmen!"

Meine Hände zitterten und ich schien schön langsam die Fassung zu verlieren. Er hatte sich hingegen wieder beruhigt und kam mir wieder etwas näher.

„Und doch stehen Sie noch hier. Und doch atmen Sie noch dieselbe Luft. Ich weiß, es ist schwer für Sie, doch ich bitte Sie darum – nicht weil Sie mein Lustobjekt, in einer dreckigen Schublade sind –" er schmunzelte und verstummte, als er meine Reaktion sah. Kurze Zeit später sprach er ernst weiter,

„sondern weil ich Sie nicht verlieren kann. Anfangs dachte ich, Sie sind nur irgend jemand, dem ich Unterkunft bieten müsste. Die Sache veränderte sich, Sie entglitt mir. Ich fürchte, Sie bedeuten mir etwas."

Schritt für Schritt wurde der Abstand zwischen uns verringert. Er strich mir die Tränen von meinen Wangenknochen und umfasste dabei mein Gesicht. Ich konnte mich nicht mehr bewegen, stand nur reglos da.

Langsam küsste er mich. Gedankenlos ließ ich mich darauf ein und war wie gefangen in diesem einen Moment. Ich konnte nicht realisieren, was geschehen war.

Er nahm den gewohnten Abstand zu mir ein und starrte auf dem Boden, als ob er meine Reaktion fürchten würde.

„Mit was genau wurden Sie erpresst?", fragte ich vorsichtig. Er schenkte sich ein Glas Whiskey ein und setzte sich auf einen seiner ledernen Stühle. Er deutete mir mit einer Handbewegung an, mich erneut zu setzen. „Ich denke, ich schulde ihnen die Wahrheit – nach meinem... Ausrutscher."

Ich nickte zimperlich und verschränkte meine Arme vor meiner Brust. „Also?"

„Bei unserer Taxifahrt habe ich mich in gewisser Weise versprochen, als ich zugab, dass Owlson mein Onkel ist. Das ist mir damals nicht das erste Mal passiert. Ich weiß, dass ich ohne meine Maske, in der Neuen Ordnung nicht lange überleben würde.

Ohne jene wäre ich ausgesetzt, gegen all diese Menschen, die an die Ordnung glauben und ich weiß nicht ob ich – ob wir stark genug wären, um dem Stand zu halten.

Andreas Owlson weiß darüber Bescheid und setzte meine Schwäche gezielt gegen mich ein, als er mich anrief und fragte, ob ich eine Gefangene frei kaufen würde. Er drohte damit, mich in aller Öffentlichkeit bloß zu stellen. Zu sagen, dass ich nicht immer Teil des Systems war."

Ich runzelte die Stirn und versuchte das Gesagte zu verarbeiten. War er etwa auch ein Rebell gegen das System? War er etwa auch anders?

„Was? Welche Maske meinen Sie?", fragte ich. „Die Maske, die ich aufsetze, um den Regierenden und den Menschen um mich herum etwas vorgaukeln zu können. Niemand hier sollte sehen, was oder wer ich wirklich bin", erklärte er langsam

„Sie sind nicht wie die anderen, richtig?", fragte ich vorsichtig. „Richtig, doch ich habe keine Seite, die ich vorziehe. Ich lebe allein, ohne Verantwortung und Zwang. Zumindest bevorzuge ich es."

Schlagartig stand er auf, nahm die Whiskey Flasche und ein weiteres Glas. Er befüllte beide und drückte mir anschließend eines davon in die Hand.

Ich schnupperte einige Sekunden daran und erhob dann das Glas, während ich ihn lächelnd ansah. Nach wie vor trug ich das Kleid und die Schuhe. Er musterte mich einige Zeit und fragte leise, ob ich ihn heute Abend nichts desto trotz begleiten würde. Ich antwortete mit ja, worauf ich mir mein Gesicht wusch, mich neu schminkte und meine Haare zurechtrückte.

Ich hatte mich bis vor kurzem in dieser Art und Weise noch nie gesehen, noch nie zuvor war ich auch

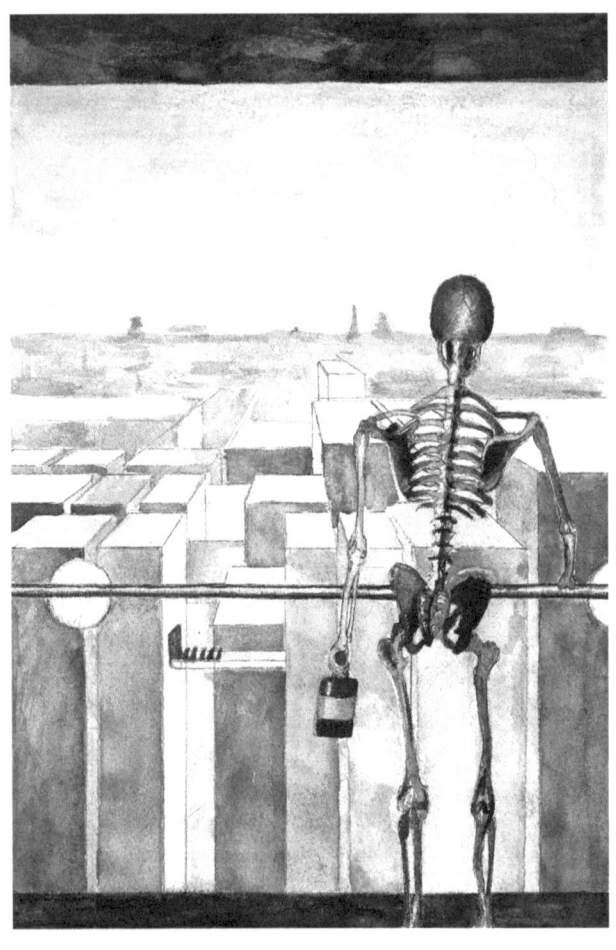

nur annähernd so maskiert. Ich nahm meine Tasche, legte meine Kette um und trat mit Moritz aus der Tür. Im Freien wartete bereits unser Fahrer Patrick.

Zu lange starrte ich bereits auf die schwarze Schachtel, die neben mir lag. Ich konnte nicht anders, als mir die Kette selbst, wenn auch nur für einen Moment, umzulegen. Vorsichtig nahm ich sie aus der Schachtel heraus und legte sie um meinen Hals. Ich ging in das Badezimmer um mich zu betrachten, als ich jedoch vor dem Spiegel stand, konnte ich es nicht fassen, wie schön sie war. Sie war umwerfend. Meine Großmutter musste perfekt ausgesehen haben – in dem schwarzen Kleid, mit der Kette...

„Was hast du da?", fragte jemand. Ich nahm die Kette sofort ab und vergrub sie in meiner Hand. „Nichts", antwortete ich verlegen. „Zeig das her!", forderte meine Mutter und riss sie mir aus der Hand, „Woher hast du das?"

„Ich habe sie am Dachboden gefunden", erklärte ich leise. Sie fuhr im Zimmer herum und lief in mein

Zimmer hinein. Als sie das Tagebuch auf meinem Bett erblickte, stürmte sie hin und blätterte es durch. „Verdammt. Woher hast du das bloß alles?", fragte sie wieder. Tränen lagen in ihren Augen. „Wie gesagt, vom Dachboden", antwortete ich erneut. „Du darfst das nicht lesen!", schrie sie und lief damit nach unten. „Cora, was hast du?", fragte mein Vater und folgte ihr in das Wohnzimmer, „Cora!"

Sie drehte durch. Ich lief ihr hinterher und wollte nicht glauben, was sie vorhatte. Sie öffnete das Fenster des Kamins, bereit dazu, das einzige Werk meiner Großmutter zu vernichten. „Nein!", schrie ich und schlug ihr das Buch aus der Hand. „Was ist hier los?", fragte mein Vater erneut. Ich nahm das Buch, zog mir Schuhe über, nahm eine Decke und lief nach draußen. Blind lief ich in die Dunkelheit hinein, bis ich zu einem Wald kam, in dem ich eine alte Hütte kannte. Sie lag an einem See, mitten im Wald, es war ruhig und abgelegen.

Ich wusste, wo der Schlüssel versteckt war, also schloss ich mich ein. Ich wickelte mich in die Decke und suchte die Stelle, wo ich aufgehört hatte zu lesen.

„Guten Abend das Paar, wohin soll es denn heute Abend gehen?", fragte der Chauffeur freundlich. Moritz nannte ihm eine Adresse und wir stiegen in den Wagen.

Als wir ankamen, öffnete mir Patrick die Tür und reichte mir seine, in einen weißen Handschuh gehüllte, Hand. Als ich diese ergriff, zog er mich sanft aus der Limousine und überreichte mich an Moritz. Wir befanden uns vor einem großen Haus, das älter als die anderen aussah. Es hatte den Anschein, als ob es aus der Zeit vor den Städten war, als ob es nicht steril und emotionslos erbaut worden wäre.

„Es ist das einzige alte Gebäude hier – alle anderen wurden abgerissen. Es gehört Andreas. Er und seine Vorgänger setzten sich über die Jahre hinweg dafür ein, es als Denkmal zu bewahren."

Ich nickte, doch ich verstand nicht, wie es möglich war, ein solches Haus vor den Regierenden zu bewahren. Wir traten einige Stufen hinauf, bis wir vor einem steinernen Bogen standen. Ich hielt inne und versuchte mir nichts von dem überwältigenden Gefühl anmerken zu lassen.

All das war von solcher Schönheit. Es war damals Teil einer funktionierenden Kultur gewesen. Einer Gesellschaft, die nicht von Kapital gezüchtigt worden war.

Im Inneren des Gebäudes führte uns ein roter Teppich zu einer gläsernen Bar, wo wir uns Getränke orderten.

„Drehen wir eine Runde?", fragte er. Ich nickte und folgte stumm. Das Antlitz des Gemäuers war unfassbar. Rings um uns rangen Lichterketten und Kristalle von der Decke, die seltsame Muster in die Dunkelheit warfen. Das Licht war gedämpft und warm.

Wir betraten eine Wendeltreppe, die wir langsam hochschritten. Mit jedem Zentimeter fühlte ich mich mehr in den Wohlstand hinein. Jeder hier genoss den Abend und feierte Vollbrachtes. Ohne Grund ließ ich mich mitreißen. Nichts desto trotz wurden die Masken, von keinem der hier anwesenden, abgelegt. In dem Raum drehte sich alles um Macht und Erscheinung. Um sehen und gesehen werden. Um Spiel, Satz und Sieg.

All diese Komponenten waren mir noch niemals so zu Augen geführt worden, als in diesen Minuten. Es schien alles so verschwommen und zugleich überwältigend, als ob ich in einer neuen Welt angekommen wäre und den Boden unter meinen Füßen verlieren würde.

Ein Arm legte sich um meine Taille und führte mich in einen Raum.

Moritz befahl mir die Augen zu schließen und ihm zu vertrauen, was ironischerweise nicht gerade einfach war. Ich ließ mich fallen und schloss meine Augen. Ich nahm seine Hand und tat ihm jeden Schritt nach.

Er ließ mich los und als ich die Augen wieder öffnete, befand ich mich auf einer Tanzfläche. Um uns herum war niemand, der Raum war leer. Eine

Lampe schenkte uns verschiedene Farbtöne und einige geschickt platzierte Lautsprecher beschallten die Tanzfläche mit sanfter, von Jazz angehauchter Musik.

„Darf ich bitten?", fragte er und streckte mir seine Hand entgegen. Ich tanzte nie zuvor, schon gar nicht in einem solchen Gebäude, mit einer vergleichbaren Begleitung. Er zog mich an sich, bemerkte allerdings sehr bald meine Unwissenheit. Er lockerte den Griff und betrachtete mich einige Sekunden.

„Wie kann es sein, dass solch eine schöne Frau, wie Sie es sind, nicht tanzen kann?" „Wir hatten zu überleben, es gab nur wenige Stunden, in denen wir Zeit gehabt hätten", antwortete ich forsch.

Er runzelte die Stirn und nahm die Tanzhaltung ein. „Los", forderte er. „Was?" „Los. Es ist ganz einfach, also", hauchte er mir ins Ohr und stieg einen Schritt vor in meine Richtung. Automatisch wich ich zurück, verlor allerdings sofort das Gleichgewicht und klemmte mich an ihn.

Er lächelte und wiederholte den Schritt. Nach einer Weile schien es beinahe zu funktionieren. „Und jetzt schließen Sie die Augen." „Was?", fragte ich wieder, „Ich denke nicht, dass das funktionieren wird." „Doch", erwiderte er knapp.

Es war, als ob wir den Tanz zuvor wochenlange einstudiert hätten, als wüssten wir beide genau, was wir taten. Ich ließ mich blind führen, ohne jegliche Gedanken.

Nach einigen Liedern ließen wir uns an der Bar nieder. Er bestellte zwei Gläser Rotwein und streckte mir eine Zigarre entgegen. „Sie müssen nicht, doch es ist auch kein Verbrechen."

Ich nahm sein Angebot an und zündete sie an. Wir erhoben die Gläser auf diesen Abend und unterhielten uns prächtig. Der Wein war köstlich und auch die Zigarre war kein Fehlgriff. Ich atmete den Rauch ein. Bei jedem Zug schien die Welt, in der ich mich befand, klarer und reizvoller zu werden. Nach etlichen Gläsern landeten wir in einem Raum, im obersten Stockwerk, mit Blick auf die Straßen und Häuserdächer der Stadt. Ein Kuss folgte dem anderen.

„Ich denke, wir können uns nun auf dem Duzfuß stehen", flüsterte ich. Die Antwort war ein verlangendes Nicken.

Mitten in der Nacht riefen wir Patrick an, der uns abholte. Als er uns sah, musste er erkannt haben, dass wir uns näher gekommen waren. Wie ein kleines Kind stellte er uns tausende Fragen. Wir waren zu betrunken, um seinen freudigen Ausrufen entgegen zu arbeiten.

„Ich dachte schon, ihr würdet niemals zueinander finden", sagte er lächelnd, während er an der Haustür anhielt und sich grinsend zu uns umdrehte.

„Patrick, es ist vier Uhr morgens. Also bitte..." Moritz´ Gestik machte deutlich, dass er Ruhe wollte und keine Lust auf eines dieser Gespräche hatte. Wir legten uns nur noch schlafen.

Am nächsten Morgen stieg ich aus dem Bett. Mein Kopf fühlte sich an, als ob ich die übelsten Kopfschmerzen meines Lebens durchleben müsste. Erst nach einigen Malen tiefen Hustens, bekam ich meine Stimme wieder zurück. Ich torkelte in das Badezimmer und wusch mir mein Gesicht. Danach ging ich in das Wohnzimmer. Moritz kochte bereits.

„Guten Morgen", lächelte er und sah mich schadenfroh an, „War es gestern etwas zu stark für dich?" Ich verneinte, doch als ich das Frühstück roch, wurde mir schlecht.

„Hier", sagte er und reichte mir ein Glas Flüssigkeit, „Danach wird es dir besser gehen, ich verspreche es dir." „Was ist das?", fragte ich und roch daran.

Es hatte einen eigenartig metallischen Geruch. Ohne Antwort trank ich das Gefäß leer. Ich fühlte mich, als ob ich innerlich verbrennen würde und ließ beinahe das Glas fallen. Was auch immer das war, es war nichts Genießbares. „Eine Mischung aus Kräutern und Medikamenten, aufgegossen in heißem Wasser. Eine Erfindung der Ordnung um Menschen zu entsorgen. In konzentrierten Mengen, eingespritzt in die Halsschlagader, blockiert es den Blutkreislauf und trocknet den Körper innerhalb weniger Minuten von innen aus. Verdünnt man es mit Wasser, wirkt es heilend", erklärte er.

„Warum besitzt du es?", fragte ich. „Ich habe so meine Quellen", antwortete er knapp und reichte mir einen Teller, „Ich muss los."

Er schnappte seine Jacke und lief im Eilschritt aus der Wohnung. Die Tür fiel zurück in das Schloss und ich war alleine. Mir wurde bewusst, dass ich rein gar nichts über Moritz wusste. Was arbeitet er eigentlich? Weshalb besitzt er so viel Geld und warum besaß er dieses Mittel überhaupt?

Es waren zu viele Fragen, auf die ich Antworten suchte und ich war es zu vielen Menschen schuldig, diese zu finden. Es fühlte sich wunderbar an gepflegt zu sein, schöne Nägel zu haben, äußerlich zu glänzen. Aber hatte all das wirklich einen Sinn?

Paul. Ich ließ ihn im Stich und vergnügte mich nun mit einem Mann, den ich nicht einmal ansatzweise kannte. Ich ließ ihn alleine, weil ich aus der Hölle entfliehen wollte und nicht mehr auf das Leid zurücksehen wollte.

Ich verlor alles Wichtige aus den Augen. Ich verlor mich in ein besseres Ich, das ohne eine Maske niemals überleben würde. Trotzdem genoss ich es. Ich hatte die Wahl und setzte auf mein eigenes Glück. Doch war der Preis zu hoch?

Keuchend betrat ich die Terrasse. Ich schnappte nach Luft. Langsam wurde mir immer mehr bewusst, was ich getan hatte. Was ich jede Sekunde hier tat. Ich genoss mein Leben, auf Kosten derer, die unter dem System leiden.

Den restlichen Tag verbrachte ich in der Wohnung und versuchte eine Lösung zu finden. Ich trank einen Whiskey nach dem anderen, bis mir schlussendlich ein möglicher Plan gelang. Dazu musste ich mehr über Moritz herausfinden – ob ich ihm vertrauen konnte oder nicht.

Sollte ich ihm vertrauen können, könnte ich mit ihm womöglich Paul finden und einhergehend einen Ausweg aus der Ordnung. Wären wir erstmals der Stadt entkommen, würden wir versuchen, uns gegen die Regierung aufzulehnen.

Doch damit dieser Plan funktioniert, musste ich versuchen, mir möglichst nichts davon anmerken zu lassen.

Ich machte meine Haare und schminkte mich so gut als möglich. Anschließend betrat ich mit einem Bademantel die Terrasse und rauchte gemütlich. Nach gestern Abend fiel mir das Einatmen des Rauches leichter und ich konnte mich auf meine Gedanken konzentrieren.

„Hi", ertönte eine Stimme hinter mir. Ein Arm umfasste meinen Nacken und drehte meinen Kopf zu sich. Ich dämpfte das Glimmstück aus und begrüßte Moritz hauchend. Ich küsste ihn langsam und fragte ihn wie sein Tag gewesen war.

Er zuckte leicht zusammen, als ich ihn gegen das Geländer drückte und ihm kaum mehr Luft zum Atmen ließ. Es fiel mir nicht leicht, so zu tun als wäre alles in Ordnung, doch ich machte mich einigermaßen gut. „Pläne für heute Abend? Oder Wünsche?", fragte ich leise. Als alleinige Antwort hob er mich hoch und trug mich in das Schlafzimmer. Stunden später saßen wir erneut auf der Terrasse und unterhielten uns über die Sonderheiten der Neuen Ordnung und deren Vor – und Nachteile. Beinahe mit Gewalt versuchte ich Informationen aus ihm heraus zu locken, doch ich konnte nicht noch offensichtlicher spielen, ich würde auffliegen.

„Seit wann ist Patrick dein Privatchauffeur? Ich nehme an, nicht jeder hier kann sich tagtäglich kutschieren lassen", fragte ich lächelnd. „Seit einigen Jahren bereits, doch er fährt mich nicht täglich." „Okay und an Tagen an denen er dich nicht fährt – wie kommst du ansonsten in die Arbeit?" Er lachte und reichte mir seine Hand. Ich folgte ihm in die Wohnung, bis hin zu einem kleinen Kästchen, das er vorsichtig öffnete. Darin befanden sich viele schmale Karten. Er nahm eine davon und zog mir eine meiner Jacken über.

Wir stiegen in den Fahrstuhl und fuhren bis in den untersten Stock. Als wir das Geschoß betraten, wusste ich kein Wort mehr auszusprechen. Es war als wären wir in einer Traumwelt angelangt.

Der Boden bestand aus etwas Ähnlichem wie Glas, die Decke wurde von unten blau beleuchtet und von den Seiten her strahlte ein klares, gedimmtes Licht. Es war eine Garage für Limousinen und Sportwägen. Wir setzten uns in einen der Sportwägen.

Dieser war ein roter Maserati, mit hellbrauner Lederausstattung und goldener Armatur. Er startete den Wagen und fuhr bis zu einer der Ausfahrten, die durch einen Schranken gesichert war.

Er nahm eine weitere Karte aus seiner Jacke heraus und schob diese in eine Öffnung, bis ein grünes Licht zu blinken begann. Er beschleunigte den Wagen und drückte auf den Radio. Die Fenster öffneten sich einen Spalt und ein warmer Luftstrom drang hindurch. Als wir uns auf der Straße befanden, fragte mich Moritz, ob ich ihm vertrauen würde – ich nickte widerwillig.

Er grinste genugtuend und stieg in das Gaspedal, bis wir eine Geschwindigkeit von etwa 230 Kilometern pro Stunde erreichten. Das Gefühl war unbeschreiblich, als würden wir fliegen.

Nichts und niemand konnte uns nun noch etwas anhaben. Ich sank gemütlich in den Sportsitz und stellte die Musik etwas lauter. Er nahm die Hände vom Lenkrad und stieg weiterhin in das Pedal.

Die Gerade schien endlos. Kein Verkehr störte, der Wagen war weit und breit der Einzige. Die Dunkelheit hatte keine Macht über uns, wir waren zu schnell für all das Belastende. Die Straße knickte in einigen Kilometern stark nach rechts ab, doch es schien noch weit entfernt. Aber das war es nicht. Schneller als gedacht befanden wir uns an Ort und Stelle und ich klammerte mich am Sitz fest.

Moritz lachte und trat langsam auf die Bremse, ehe er die Kurve nahm und aus dieser heraus erneut beschleunigte. Er hatte den Wagen im Griff. Er nahm meine Hand und sah mich lächelnd an. „Keine Angst."

Plötzlich befanden wir uns auf einer Brücke, auf der wir anhielten. Er ließ das Licht brennen und stieg aus dem Wagen. Er öffnete die Beifahrertür und setzte mich auf die Motorhaube des Wagens, ehe er mich verlangte.

Ich konnte nicht leugnen, dass es mir gefiel. Es war ein unbeschreibliches Lebensgefühl. Frei und problemlos – scheinbar.

„Setz dich schon mal rein", sagte er und öffnete mir die Tür, bedacht darauf sie sofort zu schließen. Ich dachte er würde zu mir steigen, doch dies war nicht der Fall. Er blieb draußen stehen und lehnte am Geländer, während er sein Telefon nahm und eine Nummer wählte.

Er schien ein hitziges Gespräch zu führen, seine Gesten waren streng und abgehackt.

„Lilly! Lilly!" Schreie weckten mich. Mir war eiskalt, es war Winter und die Hütte war nicht isoliert. Der See schien die Luft um sich herum zusätzlich zu gefrieren. Jemand hämmerte wild gegen die Tür. Ich zitterte bereits.
Ich versuchte aufzustehen, doch es war schwerer, als gedacht. Nach einigen Versuchen gelang es mir und ich torkelte zur Tür. Ich schob den Riegel weg und öffnete sie nur einen Spalt.

Es war meine Mutter, die vor der Tür stand. „Lilly, es tut mir leid. Doch du darfst dieses Buch nicht lesen! Hast du verstanden?", fragte sie entschlossen. „Das hättest du dir früher überlegen sollen, jetzt ist es zu spät", antwortete ich und machte die Tür wieder zu. „Lilly, bitte! Lass mich zu dir!", flehte sie.

Ich lehnte mich gegen die Wand. Ich wusste nicht, was ich tun sollte, wem ich noch glauben sollte. Ich wollte endlich die Wahrheit erfahren, doch meine Mutter schien alles dafür zu tun, um diese vor mir zu verbergen.
„Okay", flüsterte ich und öffnete die Tür, „Solltest du mir das Buch noch einmal wegnehmen, werde ich gehen – verstanden?

Ich bin kein kleines Kind mehr! Ich habe ein Recht auf die Wahrheit."
Sie nickte und schloss die Tür hinter sich ab. „Du zitterst ja", bedauerte sie und reichte mir eine zweite Decke, „Darf ich mitlesen?"
Wir setzten uns wieder auf den Boden und lasen weiter.

Nach einigen Minuten setzte er sich wieder hinter das Steuer und sagte nur, dass wir auf dem Heimweg noch wo anhalten müssten.

Ich nickte und versuchte nicht weiter über das eigenartige Telefonat nachzudenken. Wir fuhren etwa zehn Minuten, bis wir an einer heruntergekommenen Scheune hielten.

„Bleib bitte im Wagen." Sein Ton war rau und bestimmend, ohne den Funken eines Auswegs. Ich versuchte nicht einmal zu widersprechen. Ich hatte zu viel Respekt vor seiner möglichen Reaktion.

Er lief hinein in das Gebäude und zog sich seine Kapuze über. Ich versuchte mich mit der Elektronik im Auto zu beschäftigen, doch als er mehr als eine halbe Stunde weg war, stieg ich aus dem Wagen und schlich zu einer Schiebetür. Sie war einen Spalt geöffnet. Gedämpft konnte ich verschiedene Stimmen wahrnehmen.

„Verdammt Moritz, Sie wissen ganz genau was mit Personen geschieht, die sich den Anweisungen widerstellen!

Wieso haben Sie das nur getan?", schrie jemand, worauf ein klirrendes Geräusch folgte, ähnlich wie ein zerschmetternder Betonklotz.

„Ich habe nichts Falsches getan!", schrie Moritz. „Oh doch das haben Sie! Sie können nicht einfach hier aufkreuzen und glauben Sie sind der Chef!"

„Das tue ich nicht! Ich werde weiterhin für Sie arbeiten! Ich war und bin Ihr bester Mitarbeiter, warum also glauben Sie, dass ich das war?", schrie Moritz abermals. „Es geschah unter Ihrer Arbeitszeit und unter Ihrem Kommando! Wissen Sie was, Mr. Owlson?

Ich gebe Ihnen noch eine letzte Chance. Wenn Sie den Mann bis morgen Abend nicht eliminiert haben, dann werden Sie hier der Nächste sein!", sprach jemand bestimmend, „Mr. Hallric, bringen Sie den Rebellen bitte nach draußen zu seinem Wagen. Er soll nicht noch mehr Schaden anrichten."

„Ja, Boss." Ich kannte diese Stimme. Ich erinnerte mich an den Klang, der mir mehr als bekannt war.

Es war Marcos Stimme, doch Mr. Hallric? Das war nicht sein Name und wieso sollte er hier sein.

Ich lehnte mich wenige Millimeter nach vorne um einen Bruchteil der beteiligten Personen sehen zu können, doch ich erstarrte, als ich bemerkte, dass die Männer an der Tür standen.

Ich lief so schnell ich konnte zurück zum Wagen und versuchte die Tür leise hinter mir ins Schloss fallen zu lassen. Nur Moritz kam nach draußen, niemand anderes. Ohne sich umzudrehen eilte er zum Wagen und stieg ein.

„Wie viel hast du mitbekommen?", fragte er vorwurfsvoll. „Bitte, was?" „Ich habe dich an der Schiebetür gesehen und dir etwas Zeit verschafft, um zum Wagen zu gelangen. Hätte dich jemand von Ihnen gesehen, wäre es das für dich gewesen."

Mit dem letzten Wort startete er das Auto. Sein rechter Handrücken war blutig und er zitterte am ganzen Körper. „Was ist da drinnen geschehen?", fragte ich leise und suchte verzweifelt nach einem

Taschentuch. Als ich eines entdeckte, legte ich es vorsichtig auf seine Wunde und versuchte diese leicht abzutupfen. Doch er entzog mir im gleichen Moment seine Hand und fuhr zu schnell für die Straßenverhältnisse.

Ich blickte aus dem Fenster und versuchte klaren Kopf zu wahren. War es wirklich Marco gewesen? Ich dachte, er wäre entkommen und bei den anderen Überlebenden. Was war das überhaupt für eine Scheune und wieso sollte Moritz einen solch großen Fehler gemacht haben?

Er verlor den gesamten Rückweg kein Wort mehr darüber.

Am nächsten Morgen wiederholte sich die Geschichte des letzten Tages, doch es war trotzdem anders. Er reichte mir mein Essen und verschwand anschließend, ohne einer Verabschiedung oder sonst irgendwelcher, unbedeutender Worte.

Für einen kurzen Augenblick zögerte ich, dann beschloss ich für das zu kämpfen, was ich verloren hatte.

Ich schnappte meine Jacke, entnahm eine Karte aus dem Kästchen und wartete ein paar Minuten.

Zu meinem Glück zog Moritz an diesem Tag eine andere Jacke über, weswegen ich mir das zweite Kärtchen ganz einfach nehmen konnte. Ich fuhr mit dem Lift bis in den Keller und setzte mir meine Kapuze und eine Sonnenbrille auf.

In der Küche fand ich zuvor ein Springmesser, das ich zu meiner Sicherheit einsteckte. Als ich auf der Karte das Symbol für Entsperren berührte, blinkte ein schwarzer Lamborghini auf. Ich traf also nicht die schlechteste Wahl. Moritz dürfte heute mit Patrick gefahren sein, da noch alle vier Autos parkten. Ich setzte mich hinein und versuchte mich ansatzweise mit der Technik vertraut zu machen.

Ich war selten mit einem Auto gefahren, da wir nie ein Fahrzeug zur Verfügung hatten. Meine Tante brachte mir das Fahren vor vielen Jahren bei, bevor sie verstarb. Als ich versuchte die Limousine anzufahren, konnte ich einen Ruck kaum vermeiden. Ich brauchte nicht lange, um mit der Bedienung zurechtzukommen und befand mich sogleich bei der Ausfahrt.

Zitternd schob ich das Kärtchen in die Öffnung und tippte ungeduldig mit den Fingern auf dem Lenkrad, bis das grüne Licht zu blinken begann.

Vielleicht stieg ich etwas zu fest in das Gaspedal, ich war in kürzester Zeit viel zu schnell. Ich musste mich bemühen keinesfalls aufzufallen. Niemand durfte bemerken, wer ich war und dass dieses Auto eigentlich gestohlen war. Ich konnte von Glück reden, als ich endlich über die Brücke fuhr und in ein weniger befahrenes Gebiet kam.

Die Einöde der Stadt verleitete mich dazu schneller zu fahren als zuvor. Adrenalin pumpte durch meine Adern. Das Gefühl der Furcht wurde schlagartig durch ein Gefühl purer Lust ersetzt.

Nach kurzer Fahrzeit gelang ich an mein Ziel. Ich stellte die Limousine einige Meter neben die Scheune an den Waldrand.

Vorsichtig schlich ich zu dem Gebäude von gestern Nacht. Allein die Tatsache, dass die Schiebetür komplett geöffnet war, ließ mich erschaudern. Es war hell, ich konnte mich kaum wo verstecken. Nichts desto trotz musste ich finden, was ich suchte und zwar Antworten. Leider wusste ich nicht einmal genau, wo ich beginnen sollte. Als ich Stimmen hörte, drückte ich mich an die Mauer und duckte mich hinter einem Strauch.

„Moritz ist nicht der, für den wir ihn halten", sprach eine raue Stimme, „Wir müssen ganz besonders auf ihn achten. Niemand darf die Ordnung gefährden.

Nur dass das klar ist Hallric, ein Fehltritt – eine Kugel. Das ist die einzige Regel, die du zu befolgen hast. Niemand antwortete und es wurde seltsam still. Ich versuchte nicht mehr zu atmen, keine Bewegung zu tätigen. Allein der Gedanke, dass jemand Moritz beiseite räumen wollen würde, bescherte mir Gänsehaut.

Ich wagte mich Millimeter für Millimeter an der Hausmauer entlang, um einen Blick auf den Mann Hallric erhaschen zu können. Meine Hände klammerten sich an jede einzelne Holzdiele. Ich fühlte mich, als ob ich jede Bewegung mehr als die vorherige bereuen würde.

Plötzlich war da ein Geräusch. Ich erschrak bis auf die Knochen – ich stieg auf einen Ast, der unmittelbar danach brach.

„Warte", forderte jemand, „Hast du das gehört, Hallric?" „Ich glaube du bildest dir zu viel ein", antwortete die vertraute Stimme. Schritte in meine Richtung folgten. Tränen liefen über meine Wangen. Mein Brustkorb schien zu explodieren. Immer und immer näher kam die Person. Es gab keinen Ausweg.

Ich nahm das Springmesser aus meiner Tasche und umklammerte es fest. Für einen Moment schloss ich die Augen, um ein letztes Mal durchzuatmen. Doch ich war so angespannt, dass dies ganz und gar unmöglich war.

Augenblicklich trat jemand um die Ecke und blickte mir direkt in die Augen. Ich ließ das Messer fallen und sackte zusammen. Ich bekam keine Luft mehr, war ausgelaugt. Beinahe musste ich mich übergeben, konnte mich aber kurzerhand beherrschen.

Mein Puls beruhigte sich langsam und ich öffnete meine Augen. Vor mir stand niemand. Ich war alleine. Es war Marco. Er war es.

Was war bloß geschehen? Allein diese Erkenntnis, dass Marco auch hier war, brachte mein ganzes Dasein so sehr aus dem Gleichgewicht, sodass ich meine gesamte Beherrschung verlor. Ich lehnte keuchend und weinend an der Wand.

Aus irgendeinem Grund verschonte er mich. Er war in Uniform und verschonte mich. Warum war er in Uniform? Gehörte er nun zu ihnen? Gehörte ich nun auch zu ihnen?

Ich hatte mich nicht mehr im Griff und schleppte mich zittrig zum Wagen zurück.

Was war nur mit uns allen geschehen? Waren wir nun auch ein Teil der Vernichtungsmaschine namens Neue Ordnung? Wenn ja, gebe es keine Hoffnung mehr.

Die Menschheit ist eine Rasse, die sich immer und immer wieder auf ein Neues selbst vernichten muss, um zu sehen, dass Friede und Freundschaft mehr Wert ist, als alles andere auf dieser Erde. Allein ich selbst war die ultimative Bestätigung für diese Theorie.

Ich fuhr los und stieg bis zum Boden in das Pedal. Jede Kurve schien meine Letzte zu sein, doch ich konnte mein Bein nicht heben, um die Geschwindigkeit zu senken. Ich wollte nicht mehr.

Ich öffnete alle Fenster bis zum Anschlag. Die kalte Luft strich über meinen Körper und ließ mich leicht erschaudern. Ich umklammerte das Lenkrad und versuchte mich auf die Straße zu konzentrieren, dies erwies sich allerdings mehr als schwierig. Ich kannte Marco, er war ein guter Mann – er wäre nie dazu im Stande gewesen, die Fronten zu wechseln, oder?

Man kann sich niemals sicher sein, ob man eine Person wirklich kennt. Teilweise wird man selbst nach zehn Jahren bester Freundschaft so sehr von einer einzigen Tatsache überrascht, dass man sein Gegenüber kaum mehr erkennt. Teilweise werden die übelsten Entdeckungen erst nach vielen Jahren Beziehung gemacht. Doch warum muss mir dies gerade jetzt mit Marco passieren?

Er war nicht umsonst in Uniform. Nichts desto trotz ließ er mich laufen. Ich verlor die Fassung und wusste nicht mehr, wo mir der Kopf stand. Als ich den Aufzug betrat und die ersten Zentimeter über dem Boden schwebte, betätigte ich die Not – Aus Taste und sank auf dem Boden nieder. Ich vergrub mein Gesicht in meinen Händen, bis die Tränen selbst durch meine Finger tropften.

Ich versuchte mehrere Male mich zu beruhigen und atmete durch, doch im selben Moment dachte ich an die gemeinsame Zeit zurück und erkannte, dass nun alles Schöne verloren war.

Ich wollte nicht mehr zu Moritz zurück – er war nur ein Fluchtweg, der in einer bitteren Sackgasse endete und nichts als Reue hinterließ. Langsam stellte ich meine Beine auf den Boden und drückte den Knopf für den obersten Stock.

Es war alles aussichtslos und hoffnungslos. Wieso sollte ich weiter versuchen alles zu verändern, wenn bereits alles verloren war? Ich konnte so nicht mehr weiter machen, haltlos und irgendwie auch verloren. Früher hatte ich Personen, die mich liebten, die ich liebte. Wir hatten wenig Geld und keinesfalls Wohlstand, doch es war genug. Keiner von uns hätte je mehr gebraucht, als das, was wir damals hatten. Erst als wir, als ich alles verlor, wusste ich was ich daran hatte.

Die Menschheit ist eine Rasse, die nur zur Vernunft kommt, wenn ihr alles genommen wird. Sobald wieder alles da ist und dieser Zustand lange genug durchlebt wird, werden die Menschen wieder nach etwas Besserem suchen – blind, während sie alles verlieren. Das ist der übliche Kreislauf der Dinge. Nun auch meiner Dinge.

Ich wusste, es gab Personen um mich herum, die ein weitaus schlimmeres Leben hatten als ich, doch ich wusste nicht mehr, wie ich mit all dem umgehen sollte.

Alles erdrückte mich und ich war hilflos gegen eine solche Macht. Meine Gedanken waren leer und kahl. Hätte es noch eine Möglichkeit gegeben, hätte ich anders gehandelt, doch es gab keine mehr. Ich war erledigt vom Leben, hatte keine Lust mehr.

Ich war verloren.
Die Welt war verloren.
Meine Freunde waren verloren.

Es tut mir leid.

„Hey", flüsterte ich. Es war sicher nicht leicht, so etwas über seine eigene Mutter zu lesen. Ich konnte sehen, wie sie mit den Tränen kämpfte. „Sag doch was, bitte", sagte ich erneut und nahm ihre Hand. „Es ist in Ordnung, ich möchte weiterlesen", keuchte sie und wischte sich über das Gesicht. Ich kauerte mich an sie und schlug das Buch wieder auf.

Die Dunkelheit war nicht furchterregend, es waren das Licht und der Lärm der Welt, die uns Angst machten. Alles was danach kommt ist friedlich und ohne Hektik. Der Stress ist keine Last mehr, er existiert nicht mehr. Niemand braucht sich mehr vor Kriegen oder Verbrechen zu fürchten, oder vor dem Tod. Alles ist bereits geklärt und in Frieden geschehen.

War es das wirklich wert, wieder die Augen zu öffnen?

„Joline? Joline?"

Ich war in einer anderen Dimension, die sich niemals jemand wagen würde vorzustellen. Ich war glücklich und nicht mehr in Gefahr. Ich fühlte mich weder alleine, noch überfordert. Niemand setzte mich unter Druck.

„Joline?" Ich spürte einen sanften Druck auf meiner Schulter, doch ich wollte nicht darauf reagieren. Ich wollte nicht mehr hier sein, nicht in dieser Zeit und nicht unter diesen Bedingungen.

„Bitte", sprach abermals eine raue Stimme und strich über meine Hand. Ich tastete nach der Hand, die mich zuvor liebevoll tätschelte. Als ich sie erfühlte, wusste ich nicht mehr, ob ich nun tot oder am Leben war.

Ich war zu verwirrt, um normal darüber nachzudenken, also schaltete ich erneut ab. Ich wollte mich nie wieder so überfordert fühlen oder unter Druck stehen.

Mein Magen krampfte und ich bekam schlagartig einen Hustenanfall. Der Mann drückte mich mit aller Kraft gegen das Bett, indem ich mich befand.

„Joline. Es ist alles gut, bitte beruhige dich", forderte er ruhig. Die Worte hallten in meinen Gedanken wieder.

Ich beruhigte mich. Ich war es so gewohnt, mich bei dieser Stimme zu beruhigen. Langsam aber sicher war es möglich, wieder normal zu atmen. Er strich über mein Gesicht und küsste meine Stirn. Es war ein wundervolles, vertrautes Gefühl, das ich um nichts in der Welt eintauschen würde. „Ich hoffe, dir geht es bald wieder gut", sagte der Mann und drückte meine Hand fest.

Er ließ los. Ich hörte schwere Schritte, die sich von mir wegbewegten. Panik überkam mich. Ich hatte zwei Möglichkeiten – mich entweder aus meiner Totenstarre zu lösen oder hoffen endlich zu verenden. Also wählte ich ersteres, denn ich wollte nicht auch ihn noch verlieren. Nicht ihn.

„Marco!", schrie ich und öffnete vorsichtig meine Augen. Das grelle Licht und die weißgestrichenen Wände strapazierten meine Augen so sehr, dass ich kaum etwas sah. „Bitte warte", flehte ich und durchbrach die Stille. Ein Schatten kam erneut auf mich zu und setzte sich an die Bettkante.

Erst aus dieser Entfernung konnte ich ihn verschwommen betrachten. Er nahm ein weiteres Mal meine Hand. Ich konnte nicht anders, als zu lächeln. Im nächsten Augenblick wurde meine Sicht klarer und ich konnte erkennen, dass er weinte.

„Was hast du dir nur dabei gedacht?", fragte er leise. Ich hatte noch keine Sekunde an die letzten Stunden gedacht – warum ich im Krankenhaus landete oder warum es mir schlecht ging. Ich wollte auch nicht daran denken. Vielleicht würde mich dann wieder der Drang dazu überkommen und dieses Mal würde ich es richtig machen.

„Soll ich zuerst gehen, damit du mit mir sprichst?", fragte er abweisend. Ich kannte ihn so nicht – streng und ernst. Das war nicht der Italiener, der mich zu jeder Tageszeit glücklich stimmte, der die Sonne an jedem Tag ersetzte.

„Was ist nur passiert, Marco?", fragte ich. „Na toll. Eine Frage mit einer Gegenfrage beantworten", sagte er und klatschte verzweifelt die Hände zusammen.

„Es tut mir leid“, sagte ich. Er nickte und beruhigte sich wieder. „Ich muss los, es sollte mich niemand bei dir sehen. Ich wollte nur nach dem Rechten sehen. Als ich dich vor kurzem bei der Scheune sah, bekam ich Angst um dich. Bitte sei vorsichtiger, ansonsten wirst du hier nicht lange überleben. Hätte nicht ich nachgesehen, sondern mein Boss, wärst du nicht davongekommen.“

Ich konnte ihn nicht ansehen. Ich schämte mich zu sehr für mein Verhalten. „Bitte bleib hier“, flehte ich, doch er schüttelte nur den Kopf. „Bitte“, wiederholte ich lauter. Ich sah, wie er mit sich selbst kämpfte. Wie er sich mit seiner neuen Identität schwer tat. Ich sah ihn leiden.

Einen Moment später sprang er auf und verließ den Raum. Ich schluchzte auf. „Marco! Marco! Bitte lass mich nicht alleine! Bitte!“, schrie ich und fuchtelte wild herum, bis sich die Infusionsnadeln aus meiner Haut lösten und ein Gerät laut zu piepsen begann.

Ich wiederholte meine Schreie. Ich konnte es nicht ertragen wieder alleine zu sein. Wieder verloren. Ich hörte wie einige Personen in mein Zimmer gelaufen kamen.

Zwei kräftige Männer umfassten mich und hielten mich gewaltvoll fest, während eine Frau in ihrer Tasche kramte. Sie nahm eine befüllte Spritze heraus und entfernte die Schutzhülse. „Nein!", schrie ich und versuchte mich aus den Griffen der beiden Männer zu befreien. Die Frau kam immer näher auf mich zu. In Panik trat ich mit den Beinen nach ihr. Mit einem Ruck schlug ich sie gegen die fensterlose Mauer und die Spritze fiel zu Boden.

„Lassen Sie mich los!", schrie ich wieder. „Rufen sie den Sicherheitsdienst", befahl ein Mann dem anderen, der gestresst einen Knopf auf dem Regal neben dem Bett suchte. Ich ergriff die Chance und biss dem Pfleger in den Arm. Er schrie auf und ließ mich reflexartig los. Ich robbte vom Bett.

So schnell wie möglich lief ich aus dem Raum, den Flur hinab. Auch hier gab es keine Fenster, es glich eher einem Gefängnis als einem Krankenhaus. Nach Hilfe schreiend lief und lief ich.

Vor mir befand sich eine Tür, die ich zu erreichen versuchte. Tränen liefen über meine Wangen. Ich spürte, wie ich schwächer wurde. Mein Schritt verlangsamte sich – mein eigener Körper spielte mir einen Streich. Plötzlich öffnete sich die Tür und vier schwer bewaffnete Männer kamen in meine Richtung. Ich konnte nicht schnell genug reagieren, um umzudrehen und erneut zu fliehen. Ich blieb einfach stehen. Mein Geist wollte weglaufen, doch mein Körper streikte.

Die Männer traten mich zu Boden und hielten mich fest. „Doc, beeilen Sie sich! Sie ist zu hysterisch", sprach einer der Männer. In der nächsten Sekunde kniete sich ein Arzt neben mich. Es war Andreas. „Andreas! Ich bin so froh, Sie zu sehen! Bitte helfen Sie mir!", schrie ich keuchend. „Kennen Sie die Patientin?", fragte jemand.

„Nein", antwortete der Arzt und setzten die Spritze an. „Ich flehe Sie an!", schrie ich abermals.

Er sah mich für einen Augenblick so an, als würde er sofort die Fassung verlieren, drückte dann aber die Nadel fest in meine Haut. Als er mir das Sekret spritzte, glich es einem Brennen, als ob mir die Haut abgezogen werden würde. Weitere Tränen liefen meine Augen hinunter.

„Schnell, hebt sie auf. Wir haben nicht mehr viel Zeit, bis sie das Bewusstsein verlieren wird und die Sedierung ihre Wirkung zeigt. Außer ihr möchtet sie tragen", lachte der Arzt. Mir wurde schlagartig übel.

Die Männer packten mich unter meinen Schultern und zerrten mich grob durch die Tür, einen weiteren Flur entlang. Ich spürte wie sich das Mittel durch meine Adern arbeitete und alles herum taub wurde. Meine Augen wurden schwer und ich fühlte mich, als würde ich langsam ersticken. Plötzlich musste ich mich übergeben.

Ich wurde in einen Van auf eine Trage gelegt und auf dieser festgekettet. Es war erstickend. Ich hatte Platzangst und fühlte mich, als ob ich innerlich zerspringen würde. Mir wurde eiskalt und im nächsten Moment wieder so warm, dass ich beinahe zu schwitzen begann. Ich wusste nicht mehr, wo mir der Kopf stand. Ich fühlte mich, als würde es mir jede Sekunde noch schlechter gehen.

Erneut musste ich mich übergeben. Ich hatte Glück, dass ich mich noch zur Seite drehen konnte und nicht daran erstickte.

Die Tür des Wagens wurde geöffnet. Das eindringende Licht ließ meinen Kopf beinahe explodieren. Es war Andreas, der hereintrat und die Tür hinter sich schloss. „Wollen Sie mich jetzt umbringen?", stotterte ich schwach. „Joline, es tut mir so leid. Was ich Ihnen antun musste, konnte ich selbst kaum verkraften. Doch würde ich mich dagegen wehren, würde unsere gesamte Tarnung auffliegen." Ich hatte keine Ahnung, wovon er überhaupt sprach.

Er fühlte meine Stirn und schien dann selbst zu erschrecken. „So schlecht dürfte es Ihnen gar nicht gehen. Ich habe nur ein Achtel der normalen Dosis genommen", sagte er verwirrt und kratzte sich die

Stirn, ehe er panisch hinzufügte, „Okay, wir haben jetzt eine halbe Stunde Zeit, bis wir ankommen – in dieser müssen wir den gesamten Plan durchgehen."

„Welchen Plan?", fragte ich und versuchte irgendwie bei Bewusstsein zu bleiben. „Wir müssen aus der Ordnung hinauskommen, es kann so nicht mehr weitergehen. Wir müssen versuchen die Menschen umzustimmen, ihnen klarzumachen, dass das System nicht alles ist. Dass Sie etwas Besseres verdient haben."

„Wie bitte wollen Sie das anstellen?", fragte ich wieder. „Sie, Joline – Sie sind mein erstes Puzzleteil. Wenn Sie nicht wären, würde all das nicht funktionieren. Sie gaben mir Hoffnung zurück auf ein besseres Leben und auf die Rechte, die uns alle zustehen. Heute um acht Uhr abends werden wir uns in das System der Medien hacken.

Wir werden unser eigenes Programm schalten, indem wir die Menschen überzeugen zu hinterfragen. Sobald dies allerdings gestartet wurde, gibt es kein Zurück mehr. Es wird eine Verfolgung geben und sollten wir erwischt werden, würde dies die Todesstrafe für uns bedeuten. Doch wir müssen es versuchen."

„Sie können das nicht einfach so starten. Sie werden das nicht schaffen. Das System ist stärker, als Sie alle glauben. Es wird uns alle überdauern!" „Joline. Was ist nur aus Ihnen geworden. Sie versuchten sich das Leben zu nehmen und haben keine Hoffnung mehr. Was ist nur geschehen?", fragte Andreas leise. Niemand zuvor sprach die Tatsache aus, dass ich versuchte, mir das Leben zu nehmen. Es war wie ein schlechter Albtraum, daran zurückzudenken. Ich hatte meine Gründe und dieselben habe ich nach wie vor.

Wir hatten verloren. Irgendwann musste man eben ehrlich mit sich sein und es sich eingestehen, dass es vorbei war und zu Ende ging.

Marco hatte sich an die Ordnung verloren. Paul war gefangen, niemand wusste wo und niemand kannte seinen Zustand. Das gesamte Dorf wurde zuletzt ausgelöscht und der Mann, dem ich hier die letzten Tage verdankte, ließ sich nicht mehr blicken.

„Was ist mit Moritz, wo ist er?", fragte ich und überging damit sein Vorhaben.

Er antwortete nicht, erst nach einer Weile sagte er: „Moritz... Moritz muss lernen mit sich selbst klarzukommen. Er hat die Beherrschung verloren, als er Sie in der Wohnung auffand. Er hat sich in seinem Apartment eingeschlossen, nachdem er Sie – ." Er musste schlucken und kratzte sich den Kopf, bevor er weitersprach. „Nachdem er Sie auslieferte."

„Was?" „Er wusste noch nie, auf welcher Seite er stehe wollte. Ich hatte immer die Hoffnung, dass Sie ihn festigen könnten und auf die richtige Seite bringen würden, Joline." Ich war kurz davor, die Fassung erneut zu verlieren.

Ich konnte nicht mehr zusehen – ich wollte nur noch Ruhe. „Kann ich bitte zu ihm?" „Da liegt das Problem. Es muss so aussehen, als würde ich Sie psychologisch behandeln. Niemand darf etwas merken. Es tut mir leid", antwortete Dr. Owlson und löste meine Fesseln.

„Das ist doch wohl nicht Ihr Ernst, oder?", fragte ich missbilligend. Das Mittel schien langsam nachzulassen. Ich setzte mich auf und rieb mir die Augen. „Ich könnte versuchen ihn zu erreichen", sagte er zittrig und nahm sein Telefon aus der Tasche. Ich nickte.

Das Gespräch schien nicht gerade positiv zu verlaufen. Andreas zuckte bei jedem Wort von Moritz zusammen, versuchte aber trotzdem ihn zu drängen. Nach einigen Minuten legte er auf. „Er versucht zu kommen", sprach Andreas. „Okay", antwortete ich. Wohlwissend, dass dies nur Heucheleien waren.

Er sah auf seine Uhr. Seine Miene verfinsterte sich. „Ich weiß, es ist schmerzhaft. Doch ich muss ihnen noch eine Dosis der Sedierung spritzen. Dieses Mal eine stärkere – da nichts auffallen darf. Im Normalfall sind Sie nach einer Gesamtdosis über 12 Stunden bewusstlos."

Ich atmete schwer und krempelte anschließend die Klamotten hoch. Er sah mich an und wartete auf ein Nicken meinerseits. Ich schloss die Augen und versuchte an etwas Anderes zu denken, nicht an den bevorstehenden Schmerz.

Ich spürte, wie die Spitze der Nadel meine Haut berührte und sich Millimeter für Millimeter in meine Haut bohrte, bis schließlich die Flüssigkeit freigesetzt wurde.

Ich krümmte mich vor Schmerzen, doch dieses Mal dauerte es nicht lange. Bald danach wurde es schwarz vor den Augen und ich entspannte mich. Ich hatte das Gefühl, Andreas litt noch mehr an dem Ganzen als ich. Das beruhigte mich.

Ich hatte entsetzliches Kopfweh, als ich aufwachte. Ich ertastete kalten, steinigen Untergrund, auf dem ich mich befand. Ich fühlte mich, als wäre ich auf Droge gewesen, als hätte ich lange Zeit nur da gelegen – bewegungslos und verloren.

Ich wusste nicht wo ich war, doch als ich mich umsah, bemerkte ich, dass ich diesen Ort bereits kannte. Ich verbrachte zu viele Stunden hier und wurde beinahe verrückt. Es war die Zelle, in der ich eingeschlossen war, als sie Marco und mich verhafteten. „Oh Gott...", flüsterte ich und erhob mich. Dieses Mal war ich nicht wie ein wildes Tier angekettet. Ich war nur eingeschlossen.

Ich ging langsam zu der alten Holztür, die ein kleines Fenster mit Gitterstäben hatte. Ich versuchte durch die Stäbe etwas zu erkennen, doch ich erkannte nichts.

Ich atmete tief durch, um nicht paranoid zu werden oder zu verzweifeln. Ich setzte mich wieder an die Steinwand und vergrub mein Gesicht in meinen Händen. Ich trug nach wie vor den Krankenhauskittel, der an manchen Stellen bereits zerrissen war. Erneut fühlte ich mich so einsam und verloren, wie selten zuvor.

Ich hatte viel Zeit, also dachte ich über den Plan von Andreas nach. Er würde es nicht so einfach schaffen. Die Regierung zu stürzen funktioniert nicht allein durch Träume und Hoffnung.

Es gehört mehr dazu, als nur überstürzt zu handeln. Man muss wissen, wozu man kämpft und warum man nicht aufgibt. Man muss bereit sein, dafür zu sterben, ansonsten hätte man schon am Anfang verloren.

Andreas war ein netter Mann, doch er war zu nett. Er hatte schon immer seine Träume aber zu große

Angst davor diese umzusetzen. Er hatte Angst. Und genau das lähmte ihn. Moritz hingegen hatte keine Angst, nein er hatte Verachtung gegen sich selbst. Er wollte sich selbst nicht so wahrnehmen, wie er war und bestrafte sich selbst genau für dieses Verhalten.

Plötzlich rührte sich etwas an der Tür. Ein großer Mann trat ein, der vor mir zum Stillstand kam und mich verachtend ansah. „Aufstehen", befahl er kalt. Er holte mit seiner Hand aus und schlug kräftig in mein Gesicht. Ich fühlte, wie er meine Knochen beinahe zertrümmerte. Ich richtete mich langsam wieder auf und versuchte ihn nicht mehr anzusehen.

„Los!", schrie er und holte erneut aus. Dieses Mal stand ich auf. Er packte meinen Arm und zog mich mit sich, den langen Gang hinab, bis hin zu dem Verhörraum, in dem ich viele Stunden verbrachte. Zu viele Erinnerungen drangen auf mich ein.

Damals war ich am verzweifeln. Ich wusste nicht mehr, wie ich weitermachen sollte. Ob ich es hier drin überhaupt überstehen würde oder ob ich an den Folgen der Einsamkeit sterben würde. Doch damals überstand ich es.

Er öffnete die Tür und schob mich in den Raum. Sofort danach verschloss er sie wieder. Ich war alleine in einem Raum, der überwacht wurde. Ich setzte mich an den Tisch und starrte auf die Glaswand vor mir.

Ich war nicht mehr dieselbe, die ich damals war. Früher konnte ich mich selbst nicht mehr sehen. Ich war kurz vorm Aufgeben. Ich war verzweifelt und am Ende.

Jetzt war es anders. Ich sah mich selbst. Ich sah eine Frau, die eine Maske trug. Sie war schön und stark, als würde sie nichts verrückt machen, als könnte sie alles überstehen. Doch auch sie konnte ich nicht ansehen, ich sah eine Heuchlerin. Sie war nicht die Person, die sie sein wollte. Sie hatte sich in einer Welt verloren, die allein aus Lug und Betrug bestand.

Die keine Scheu vorm Töten und auch keine Scheu vor Verlust hatte. Die Welt bestand zwar aus Diamanten und Reichtum, doch der einzige Reichtum lag im Geld – nicht in der Liebe oder der Güte. Von diesen Elementen hatte dieser Ort rein gar nichts. Er war kalt und unangenehm.

Durch Marco erkannte ich die Leugnung. Meine und seine Leugnung. Ich sah einen Mann, der seine besten Eigenschaften gegen ein Leben im Reichtum eintauschte. Und dann sah ich mich, eine Frau die genau dasselbe tat. Wie ist es nur so weit gekommen mit uns?

Eine Tür öffnete sich, Andreas trat ein. Er hatte eine Mappe bei sich und einen Stift. Er setzte sich gegenüber von mir und begann, wie damals auch, einen Bogen auszufüllen – mit meinen Daten.

„Joline", flüsterte er, „Es tut mir so leid." Ich nickte. „Moritz will Sie nicht sehen", sagte er nun etwas lauter. „Was, wieso?", fragte ich aufgebracht. Ich konnte nicht dabei zusehen, wie Moritz sich selbst zerstörte. Ich wusste, er wollte hier nicht leben. Er wollte das, was ich früher hatte. Doch dann schien er den Halt zu verlieren und nun belügt er sich selbst. Ich musste ihm helfen.

„Ich muss ihn sehen", flehte ich, doch scheinbar ohne Erfolg, da Andreas nur den Kopf schüttelte.

Ich atmete tief durch und versuchte meine Fassung zu bewahren. Ich war zu nahe am Abgrund, würde ich noch einmal nachgeben, wäre es vermutlich wirklich das Ende.

„Okay, wir müssen nun mit der Therapie starten. Moritz stufte Sie als eine Bedrohung der Neuen Ordnung ein, aus diesem Grund müssen Sie wieder in einer Zelle sein", erklärte Andreas, „Deshalb muss ich nun versuchen, Sie wieder zu regenerieren. Ich habe nur eine Chance, sprich 12 Stunden. Sollte ich scheitern werden Sie exekutiert."

„Was? Ich dachte wir hätten einen Plan?", fragte ich. Andreas kritzelte wild auf einem seiner Zetteln herum und schien mich zu ignorieren. Doch dann schob er die Mappe näher an mich und lehnte sich darüber. Ich erkannte unklare Buchstaben, die nach einer kurzen Zeit einen Sinn ergaben. „Wir werden beobachtet. Die Kameras sind an."

Mit diesen Worten wurde mir einiges klar. Ich verstand, warum er mit mir sprach, wie mit einer Patientin und kaum auf mich reagierte. Ich nickte erneut und die Sitzung nahm ihren Lauf.

„Warum haben Sie versucht, sich selbst zu ermorden, Joline?", fragte er vorsichtig und sah mich durchdringlich an. Ich versuchte dem Blick Stand zu halten, doch ich war zu schwach und senkte meinen Blick auf die Tischplatte.

„Ich konnte dem nicht standhalten", antwortete ich leise. „Wem?", fragte Andreas erneut, „Wem konnten Sie nicht stand halten?" „Der Neuen Ordnung." „Warum? Die Neue Ordnung bietet uns Bürger alles, was wir uns wünschen, sie ist perfekt. Jeder ist genug versorgt, jeder hat einen guten Job. Wenn das nicht alles ist, was ein erfülltes Leben benötigt, dann weiß ich nicht, auf was Sie hinaus wollen."

„Ich will darauf hinaus, dass es noch mehr gibt, als Geld und Macht. Der Mensch ist nicht dafür geschaffen, in einer Gesellschaft wie dieser zu leben", konterte ich. „Ich denke, Sie haben wirklich ein Problem, Joline. Dieses Problem gilt es zu bereinigen." „Ansonsten was? Werde ich ansonsten auch exekutiert, wie die ganzen anderen Menschen, die der Neuen Ordnung eine Last sind?", provozierte ich.

Ich wusste, ich sollte mitspielen, doch ich konnte es nicht. Ich verbrachte die letzten Wochen mit Moritz damit, mich zu verstellen und jemand anderes zu sein. Nun wollte ich das nicht mehr, ich wollte mich wieder sehen können, ohne mich selbst zu verabscheuen und Ehrlichkeit würde das Einzige sein, was uns aus dieser Hölle befreien könnte.

„Joline, bitte", flehte Andreas nun. „Nein! Wissen Sie was? Ich will mich nicht mehr fügen. Niemand sollte das müssen. Ich bin so wie ich bin und werde das nicht leugnen, auch wenn es mir das Leben kosten könnte. Ich habe mich entschieden", sagte ich fest entschlossen. Andreas ließ sich nach hinten in den Stuhl fallen. „Es wird nun nicht mehr lange dauern." Insgeheim wusste ich, was er meinte.

Ich wusste, dass mich bald jemand holen würde. Ich akzeptierte dies. Ich wusste, wir hatten unsere Chance vertan. Wir hatten verloren, das war abzusehen.

Tränen liefen über meine Wangen. Ich begann zu zittern. Das Ende zu wissen und das Ende zu sehen sind zwei unterschiedliche Dinge.

Auf einmal stand Andreas auf und begann im Raum auf und ab zu laufen. „Verdammt!", schrie er und schlug auf die Tischplatte. Ich hatte ihn noch nie zuvor so gesehen wie jetzt.

Er stand für ein paar Sekunden still da, doch im nächsten Moment nahm er einen Stuhl hoch und lief damit in eine der Ecken des Raumes. Mit einem Schlag fiel die Überwachungskamera zu Boden. Die nächsten Ecken folgten, der ersten, so lange, bis keine Kamera mehr übrig war.

„Wir haben jetzt kaum mehr Zeit! Also bitte hören Sie mir gut zu, okay?", sagte er und packte mich am Arm, „Ich werde in ein paar Sekunden diese Tür entsperren. Sie müssen sofort den Raum 318 aufsuchen – dort werden Sie Paul finden. Er ist dehydriert aber er lebt noch. Befreien Sie ihn. Danach müsst ihr über den Notausgang versuchen zu fliehen."

„Was ist mit Ihnen?", unterbrach ich. „Machen Sie sich um mich keine Sorgen", sagte er und kramte in seiner Hosentasche herum, „Hier nehmen Sie das." Er drückte mir einen kleinen USB – Stick in die Hand und flüsterte dann weiter: „Sie müssen diesen

USB – Stick zu einer gewissen Adresse bringen, dort werden Freunde von mir auf Sie warten, die dazu im Stande sind, mit nur einem Knopfdruck das gesamte Nachrichten und Mediennetz zu hacken. Auf dem Stick befindet sich unsere Erlösung. Verlieren Sie ihn keinesfalls und vertrauen Sie nur einen Mann, namens Casper – achten Sie auf das Tattoo in seiner Handfläche."

„Wie komme ich vom Dach runter?", fragte ich irritiert. „Es gibt eine Feuerleiter, die müsst ihr so schnell als möglich benutzen. Unten wird Patrick auf euch warten. Er wird euch zu der Adresse fahren.", er blickte nervös um sich, „Los jetzt, wir müssen beginnen!"

Er fuchtelte wild herum und lief dann zu der besagten Tür. Er entsperrte sie. Mit einer Handbewegung signalisierte er, dass ich keine Zeit verlieren sollte. Ich umarmte ihn mit den Gedanken, dies ein allerletztes Mal tun zu können. Er küsste mich sanft auf die Stirn und sagte, „Joline, ich werde niemals vergessen, was Sie für uns getan haben. Sie öffneten uns die Augen und retteten uns. Jetzt! Laufen Sie! Los!"

Er schrie und schob mich von sich, ehe er auf den roten Knopf neben sich drückte. Hinter uns fiel die Tür zum Verhörraum zu. Ich musste laufen, ich hatte keine andere Wahl. Ein allerletztes Mal drehte ich mich um und sah einen Mann, der nun für seine guten Taten büßen musste. Ich lief um eine Ecke. Ich hörte die Männer anstürmen, wie sie die Tür öffneten und sahen, dass ich nicht mehr da war. Sie schrien ihn an, wo ich wäre, doch er antwortete nicht. Das Letzte was ich hörte war ein Schuss.

Ich blieb wie angewurzelt stehen. Ich konnte nicht aufhören zu weinen und hielt mir die Hand vor den Mund, um nicht aufzuschluchzen. Es war zu Ende.

So schnell ich konnte, lief ich die Treppe hinauf in den dritten Stock. Als ich vor der Tür des Raumes stand, war ich nicht sicher, ob ich diese wirklich öffnen wollte.

Ich hatte Angst davor, was sich dahinter verbergen würde. Doch mir blieb keine andere Wahl.

Der Raum war leer. Seltsam keuchende Laute drangen von einer Seite. An der Wand hing eine

Trage, an der sie ihr Opfer befestigt hatten. Es war Paul. Er war dünn und bleich.

Ich wollte mir nicht ausmalen, was sie ihm angetan haben mussten. Er konnte kaum seine Augen öffnen, ich war nicht sicher, ob er mich überhaupt erkannte.

„Paul", flüsterte ich erleichtert und lief zu ihm. Ich öffnete alle Gurte und stützte ihn, „Wir müssen jetzt laufen. Es tut mir so leid." Bei jedem seiner Schritte stolperte er. „Komm, bitte!", schrie ich und zog ihn die Treppe weiter hinauf, bis wir endlich oben angekommen waren. „Komm schon!", schrie ich wieder und öffnete das Gatter zur Fluchttreppe.

Wir schleppten uns gemeinsam hinunter, jeder Stock war eine Erleichterung. Unten angekommen, erwartete uns wie erhofft die Limousine. „Patrick, ich bin so froh Sie zu sehen!", keuchte ich, als ich mich in den ledernen Sitz fallen ließ.

Er stieg sofort auf das Gaspedal. „Bitte bring mich sofort zu Moritz. Ohne Wiederrede Patrick." „Wo ist Andreas? Was ist passiert?", fragte er vorsichtig.

Ich schüttelte den Kopf. Der Schuss war endgültig, wir hatten ihn verloren.

„Ich kann Sie nicht zu Moritz bringen, die Aufgabe ist zu wichtig", sagte Patrick. „Wenn Sie mich nicht fahren, werde ich laufen und dann werde ich garantiert geschnappt. Was ist Ihnen lieber?"

Er nickte und nahm die Abbiegung zu Moritz' Apartment. Ich strich über Pauls Hand, wobei er zusammenzuckte. Er schien traumatisierter, als ich es je war.

Schließlich kamen wir am Parlay Hotel an. „Ich bin sofort wieder hier. Passt auf euch auf", forderte ich, wobei ich die letzten Worte verschluckte. Ich stieg aus dem Wagen und versuchte so schnell wie möglich in seine Wohnung zu kommen.

Ich hämmerte einige Male gegen die Tür. „Komm herein, es ist offen!", schrie jemand. Ich schob die Tür auf und trat langsam ein. Es war alles beim Alten, als wäre ich nie weg gewesen. „Moritz!", schrie ich fragend. Ein weiterer Schrei ertönte aus dem Wohnzimmer.

Ich sah einen Mann, der auf dem Teppich saß und beinahe eine halbe Flasche Whiskey getrunken hatte. In der Hand hielt er eine Zigarette. Er bat mir eine an und deutete mir, mich neben ihn zu setzen.

„Ich wusste, du würdest kommen", murmelte er, während er mir ein Feuerzeug reichte. Ich zog kräftig an der Zigarette, es entspannte wenigstens ein wenig. „Kannst du dich denn wirklich nicht mehr an mich erinnern?", fragte er leise, ohne mich anzusehen.

Ich schüttelte verwirrt den Kopf. „Moritz, ich habe die letzten Tage bei dir verbracht." „Ja, schon klar aber ich meine davor? Ist alles weg? Alle Erinnerungen?", fragte er verzweifelt. Ich wusste nicht zu antworten. Er stellte sein Glas zu Boden und griff in sein verknittertes Jackett.

Er holte ein Bild heraus – das Bild, das er mir zeigte, als er mich mit sich nach Hause nahm. Darauf war das Kind zu sehen, dem ich scheinbar ähnlich sah. „Was ist damit?", fragte ich, ohne es ein weiteres Mal anzusehen. „Dreh es um."

Ich versuchte etwas auf der Rückseite zu erkennen. Ganz unten an der Kante stand in verschnör-

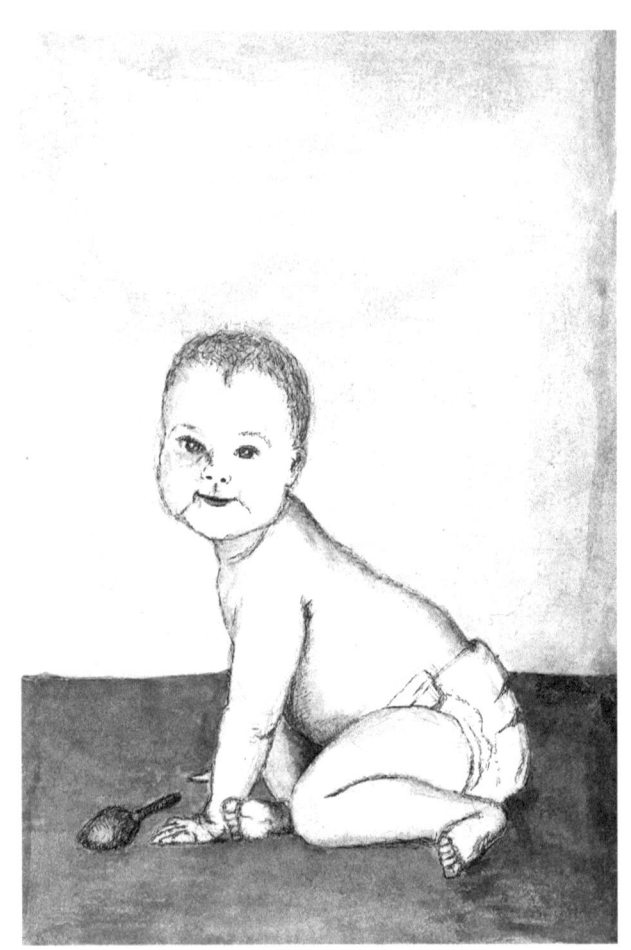

kelter Schrift geschrieben:
Cora, 2075

Ich schüttelte erneut den Kopf. „Joline", sagte er und nahm meine Hand, „Es ist deine Tochter." Ich ließ das Bild fallen und sprang schlagartig auf. Ich strich mir mit meiner Hand durch meine Haare. Ich konnte seine Worte nicht verarbeiten, es war als würde er eine andere Sprache sprechen.

„Ich wusste es, seitdem ich dich traf. Doch ich wusste nicht, wie ich es dir sagen sollte. Kannst du dich noch an den alten See erinnern? Die Fischerhütte und das Boot, in das wir beinahe jeden Tag kletterten?" „Aber sie – aber sie.... Sie ist ertrunken", antwortete ich zitternd.

„Nein, ich habe sie aufgetaucht. Ich kam gerade noch rechtzeitig, bevor sie an dem Wasser in ihrer Lunge erstickt wäre. Doch gleich danach wurden wir verschleppt und hier her gebracht – in die Neue Ordnung. Seitdem habe ich sie nie wieder gesehen. Ich wusste nicht einmal, wo sie war – bis jetzt." „Wo ist sie?", fragte ich hysterisch. „Sie ist dort, wo dich mein Onkel heute hinschickte. Sie wohnt in diesem Haus."

> *„Mein Gott", keuchte meine Mutter weinend. Ich war zu verwirrt um all das zu verstehen. „Was –", stotterte ich, „Ich – ."*
>
> *„Mein Schatz", flüstert sie und nahm mich in ihren Arm, „All die Jahre über dachte ich, meine Mutter – deine Großmutter, hätte mich weggestoßen. Ich wuchs elternlos auf, dachte ich jedenfalls. Ich – ich weiß nicht was ich sagen soll. Ich – ." „Die Wahrheit" – sagte ich, „Die Wahrheit steht auf den nächsten Seiten. Willst du weiterlesen?"*
>
> *Meine Mutter nickte. Ich blätterte um und wir lasen weiter.*

Ich wusste nicht, wie ich damit umgehen sollte. All die Jahre war meine Tochter kein Thema für mich gewesen. Ich hatte sie verdrängt, immerhin dachte ich, sie wäre tot. „Dann warst du dieser Junge", fragte ich rhetorisch. „Ja, ich war der obdachlose Junge, der nur seinen Onkel kannte." „Oh mein Gott", flüsterte ich.

„Ich werde das Ganze jetzt beenden!", sprach ich entschlossen und umfasste den Stick in der Kitteltasche. Ich trat genau zwei Schritte in Richtung der Tür, bis ich von Moritz aufgehalten wurde. Er stand nur Millimeter von mir entfernt und strich über meinen Arm.

„Wir haben eine Tochter", hauchte er und lächelte. Ich wusste nicht, ob ich mich freuen sollte oder nicht. Seine Lippen kamen näher, bis er mich küsste. Ich küsste den Vater meiner verstorben geglaubten Tochter.

Ich strich über sein Haar und konnte nicht anders, als auch zu lächeln. „Ich werde mitkommen, doch zuerst solltest du dir etwas anderes überziehen", sagte er und deutete auf das Zimmer, in dem ich hier gelebt habe.

So schnell ich konnte, zog ich mir ein schwarzes T – Shirt und eine schwarze Hose über. Als ich nach draußen kam, stand er bereits in der Tür.

„Es tut mir so leid, was ich dir angetan habe", bedauerte er. Ich konnte an nichts dergleichen denken.

Nur noch an meine Tochter und an die Entfernung, die nun noch zwischen uns lag.

Wir stiegen in die Limousine. Patrick fuhr uns auf schnellstem Weg zu unserem letzten Ziel der Ordnung. Im Wagen hielt ich Pauls Hand, doch es fühlte sich plötzlich komisch an. Der Vater meines Kindes saß immerhin auf dem Vordersitz. „Wie geht es dir?", flüsterte ich. „Es ging mir schon mal besser", antwortete er schwach. Ich war froh ihn gefunden zu haben, alles andere würde vergehen.

Als wir vor dem Haus standen, half ich Paul aus dem Wagen und zog ihn schnellstmöglich in den Hintereingang des Gebäudes. Stufe für Stufe arbeiteten wir uns hoch, bis wir in dem besagten Stockwerk waren. In der kargen Wohnung standen hauptsächlich Computer und alte Getränkedosen lagen herum. Als wir um ein Eck gingen, trafen wir auf drei Männer, die vor einem PC standen. „Oh, du musst Joline sein, richtig?", fragte einer der Männer und schüttelte mir eifrig die Hand.

„Warum ist hier nichts abgesperrt?", fragte ich irritiert und deutete auf die Eingangstür. Der Mann lief schnell zurück zu seinen Computer und deutete mir, ich solle ihm folgen. Er tippte einige Male auf den Schirm und fügte das Wort „Kameras" hinzu, während er wie ein kleines Kind strahlte.

Diese Fröhlichkeit war überraschend anders für diese Stadt. „Hast du ihn?", fragte ein anderer, herberer Mann. „Ja", antwortete ich und griff in meine Tasche, doch ich zögerte. Woher sollte ich wissen, dass wir in keine Falle laufen würden. Ich wich einen Schritt nach hinten.

„Sie weiß nicht, ob sie euch trauen kann, ihr Vollidioten", krächzte jemand, der sich von einer Couch hinter uns erhob, „Joline, mein Name ist Casper." Er wollte mir die Hand reichen, doch ich lehnte sie ab. „Alles klar, ganz eine Saubere", sagte er und lachte laut, während er die andere Hand hob und sie vor meinem Gesicht öffnete, „Sie will das Tattoo sehen." Es befand sich auf seiner Hand, genau wie Andreas sagte. Ich atmete durch und reichte ihm den USB – Stick.

Er nickte und ging zu einem der Computer. „Ich muss zuerst alle Daten herunterladen und sie anschließend neu formatieren. Es wird allerhöchstens 20 Minuten dauern", erklärte Casper und begann mit der Arbeit.

„Cora, kannst du den Leuten bitte ein Glas Wasser anbieten?", rief der Mann begleitend in ein Hinterzimmer. Heraus kam ein kleines Mädchen, mit einem Tablett, auf dem sich vier Gläser Wasser befanden. Ich zuckte zusammen. „Ich –", platzte es mir heraus. Meine Hand zitterte, als ich ein Glas nahm. „Ich danke dir." Ich sah zu Moritz und wusste, er dachte dasselbe wie ich. Auch er sah die Kleine an, als stünde ein Geist vor ihm.

Keiner von uns beiden traute sich etwas zu tun oder zu sagen. „Alles in Ordnung?", fragte mich Patrick. Ich nickte nur. „Okay, ich schlage vor, wir machen es uns alle gemütlich, denn ab jetzt läuft es. Es heißt nun abwarten", sagte Casper und deutete auf die Sitzmöglichkeiten in dem Raum.

Ich setzte mich zu Moritz. „Warum hast du versucht dich umzubringen?", fragte Moritz. Ich brauchte einige Sekunden, um mich in Worte zu fassen. Das Thema war nicht leicht für mich – ich schämte mich dafür. „Ich war am Ende. Bei der Scheune traf ich auf einen alten Freund und ich – ich hatte einfach die Kraft für alles verloren." Ich hatte keine Lust auf eine ausführlichere Erklärung. Ich wollte mich selbst nicht mehr damit befassen. Es war Vergangenheit.

„Es ist schräg", murmelte ich vor mich hin, „Was alles passieren kann. Ich hätte mir nicht gedacht, Cora jemals wieder zu sehen. Ich hätte nicht einmal mehr den Namen ihres Vaters gewusst. Sie auch nicht mehr erkannt, als du mir damals zum ersten Mal das Foto gabst."

„Ja. Für mich war es nicht leicht, als ich dich und Cora verlor. Ich meine damals waren wir noch Kinder, aber sie war trotzdem meine Tochter und wir waren eine Familie. Wir hatten nur uns. Ich hatte meinen Onkel und du deine Tante. Ansonsten waren wir alleine. Ich werde diesen Abend niemals vergessen, an dem ich dich das letzte Mal sah. Auch nicht den Tag, an dem ich dich das erste Mal sah."

„Deshalb hast du mich aus der Gefangenschaft geholt – dein Onkel hat mich erkannt?", fragte ich. „Ja, doch er konnte es nicht mit Sicherheit sagen. Im Herzen wusste ich, dass du es warst, doch ich wollte es nicht wahrhaben", antwortete er voller Reue. Ich strich über sein Gesicht.

Dieses Gefühl, mit seiner Familie vereint zu sein, war unbezahlbar. Ich hätte es nie für möglich gehalten, doch nun war es Realität. Ich war so glücklich wie selten zuvor. Ich konnte kaum mehr aufhören zu lächeln, auch wenn wir uns in einer bizarren Situation befanden.

Ich torkelte zu Paul und setzte mich neben ihn. Ich hatte das Gefühl, ich musste ihm alles erzählen, doch ich wusste nicht, ob es zu viel für ihn wäre – ob er es verkraften würde. Das Gute war, dass er langsam wieder zu Kräften kam. Ich strich über seinen Rücken.

„Dir geht es wieder besser?", fragte ich lächelnd. „Ja. Es war eine harte Zeit", antwortete er räuspernd,

„Was läuft da zwischen dir und diesem Typen?" „Paul, ich müsste dir so viel erzählen, doch ich denke es ist noch zu früh. Du solltest dich noch ausruhen." „Nein, es ist genau richtig", flüsterte er und nahm meine Hand.

„Okay. Der Mann ist der Vater meiner Tochter, die sich ebenfalls in dem Raum befindet." Ich hätte nicht gewusst, wie ich es besser formulieren hätte sollen, also sagte ich es gerade heraus. „Wie bitte?" Ich wiederholte mich nicht, ich wusste, dass es ihn schocken würde.

„Du hast mir nie erzählt, dass" – sagte er, hörte aber mitten im Satz auf zu sprechen. „Ich dachte, sie wäre tot. Es war ein Bootsunglück, damals. Cora war gerade ein Jahr alt, als ich mit ihr auf den See hinaus ruderte. Ein Sturm kam auf und das Boot kenterte. Ich konnte sie nicht retten", erklärte ich. Das Geschehene war nach wie vor schwer zu verdauen, doch ich war es ihm schuldig, also sprach ich weiter: „Moritz konnte unsere Tochter retten.

Sie wurden verschleppt, noch an diesem Tag. Im Endeffekt landeten sie beide hier, weshalb ich auch erst jetzt wieder von ihnen hörte. Moritz und ich wussten bis jetzt nicht, wo sie war. Jetzt steht sie vor uns und wir wissen nicht, was wir sagen oder tun sollen. Ich war so viele Jahre keine Mutter und sehe nun mein acht Jahre altes Kind vor mir stehen. Ich weiß nicht, wie ich mit der Situation umgehen soll."

Paul umarmte mich und versuchte aus allem das Beste zu machen, auch wenn es momentan eher belastend sein musste. „Es tut mir so leid, Paul. Ich weiß, es ist nicht schön, so etwas über seine Freundin zu erfahren", sagte ich, doch im selben Moment erinnerte ich mich daran, dass wir noch nicht über das Beziehungsthema gesprochen hatten.

„Du nennst mich noch deinen Freund?", fragte er lächelnd. „Ich denke schon, ja", flüsterte ich unschlüssig, „Das mit Moritz. Es ist nur, dass wir – " Er unterbrach mich, indem er mich küsste. Ich konnte nicht anders, als diesen Kuss zu erwidern. Ich schien mich erneut in ihn zu verlieben – in eine Person, die ich bereits seit so vielen Jahren liebte.

„Lass mich das bitte fertig erklären", forderte ich lächelnd, doch er küsste mich erneut, „Bitte, Paul." Ich lachte, genau wie er. „Moritz und ich haben uns gerade erst wieder gesehen, nach all den Jahren. Da kommen viele Gefühle hoch, die man vergessen hatte. Ich weiß nicht, wie wir beide zueinander stehen, doch ich weiß, dass wir beide uns lieben – du und ich."

„Leute!", schrie einer der Männer vorm Laptop, „Die Daten sind bereit. Es trennt uns nur noch ein Knopfdruck von der Freiheit und diesem Elend hier. Wer holt die Sektflaschen?"

Casper öffnete eine Flasche und schenkte uns allen ein. Wir standen vor dem Computer, bereit anzustoßen. „Ich finde, Joline sollte die Ehre gebühren", sprach Casper.

Ein einstimmiges „Ja" ertönte. „Ohne Sie wäre das alles hier nicht möglich gewesen. Der Stein kam erst mit ihrer Anwesenheit ins Rollen, also bitte", fügte er hinzu und deutete auf die Taste.

Mir kamen die Tränen. Ich musste an Andreas denken. An all die Menschen aus unserem Dorf, die ihr Leben verloren. An all die Menschen, die nun mit uns feiern möchten – es wäre ihre größte Freude. Doch heute waren nur wir hier, nur wir konnten diesen Augenblick genießen und wir waren es den Leuten schuldig, diesen Moment vollständig auszukosten.

Meine Hand zitterte, als ich sie ausstreckte. Ich schloss die Augen. Bald würde sich so einiges ändern – wir hatten es wirklich geschafft.

Ich drückte die Taste. Sie wurde gedrückt.

Es war so unglaublich, dass wir nun hier standen. Wir machten das Unmögliche möglich. „Es war uns eine Ehre", rief ich und lachte laut. Alle wiederholten meine Worte und tranken den Sekt.

Die Botschaft des Videos und der Sprachdurchsagen waren, dass alle Menschen stehen bleiben sollen. Sie sollen sehen, was sie sehen. Sie sollen riechen, was sie riechen und sie sollen fühlen, was sie fühlen. Sie sollen einander lieben. Sie sollen hier und jetzt vergessen, was ihnen eingetrichtert wurde und sie sollen zurückgehen. Die Welt wurde plötzlich auf den Kopf gestellt. All das, was die Jahre über für richtig gehalten wurde, stellte sich für 80 % der Bevölkerung auf einmal als falsch heraus.

„Gehen sie. Sie werden sehen, egal wohin Sie gehen, Sie werden nur Schönheit sehen, wenn Sie diese sehen wollen. Sie werden diese Schönheit gemeinsam sehen und erleben. Sie werden sich nach ihren Liebsten sehnen. Ihre Liebsten werden neben Ihnen stehen. Die Welt ist offen für alles, denn die Welt bietet alles."

Es war, als hätten die Menschen allein auf diese eine Botschaft gewartet, denn plötzlich veränderte sich das gesamte Verhalten der Bewohner. Die Menschen blieben wirklich stehen. Sie hörten, fühlten und sahen, was ihnen all die Jahre entgangen war. Manche Menschen packten ihre Sachen und verschwanden. Manche Menschen fielen anderen Menschen um den Hals und manche Menschen gingen einfach nur. Doch jeder tat das, was ihn glücklich machte, was er eben wollte. Es würde Zeit dauern, bis die Gemeinschaft wieder funktionieren würde, doch es war ein guter Anfang.

Ich fiel Paul um den Hals. Endlich hatten wir es geschafft. Wir hatten das Unmögliche vollbracht. Die Ordnung wurde aufgebrochen, der erste Teil der Revolution war getan.

Als ich mich Casper zuwandte, stand Moritz vor mir. Ich küsste ihn auf die Wange. „Ich danke dir so sehr für alles. Ohne dich wäre das hier niemals möglich gewesen – hörst du?", sagte ich und tätschelte ihm das Gesicht, „Moritz, ich möchte, dass du mit uns mitkommst, wenn wir wieder in unser Dorf zurückkehren. Mit Cora und Casper", sagte ich und richtete ihm seine Krawatte. Er nickte.

„Casper!", rief ich, als ich auf ihn zuging und ihn in die Arme schloss, „Danke." „Kein Ding. Solltet ihr wieder einmal was brauchen, schreit einfach", sagte er und lachte laut, ehe er ernst hinzufügte, „Du solltest schleunigst mit deiner Tochter sprechen." „Woher weißt du das?", fragte ich und boxte ihn gegen den Arm. „Moritz hat es mir gesagt."

Ich lächelte und ging langsam auf das Mädchen zu. Es sah so wunderschön aus. „Hi", sagte ich und setzte mich neben sie auf das Sofa. Lächelnd begrüßte sie mich. „Weißt du, dass du sehr hübsch bist?", fragte ich sie. „Danke, du aber auch", antwortete sie mit seidiger Stimme. „Möchtest du mit mir mitkommen?", fragte ich. Sie nickte und nahm meine Hand.

Meine Mutter hielt ihre Hand vor den Mund, als müsste sie losschreien. Als konnte sie nicht glauben, was sie las. Als wollte sie es glauben, doch konnte es nicht. „Ich wusste es nicht. Ich dachte immerzu,

Casper wäre mein leiblicher Vater gewesen. Meine Eltern hatten selbst kein leichtes Leben, doch ich wusste das nie.

Also verurteilte ich sie all die Jahre für etwas, dass sie gar nicht getan haben. Es tut mir so leid. So sehr leid", schrie sie und brach in Tränen aus, „Sie haben so viel für mich, für uns getan!

Sie riskierten ihr Leben, für all die Menschen da draußen. Was zum Teufel habe ich mir nur dabei gedacht? Was würde ich nur dafür geben, mich nur einmal entschuldigen zu können? Dafür, dass ich Joline wegstieß. Womit hatten sie das nur verdient?"

Ich wusste nicht, was ich sagen sollte. Doch Joline und James hatten sich bemüht. Joline hatte ihr ganzes Leben für andere Menschen geopfert.

Sie war sicher nicht selbstsüchtig und hätte ein schöneres Leben verdient.

Doch was ist passiert? Warum nahm Joline meine Mutter dann nicht mit?

Ich stand nun also mit meiner Tochter vor dem Mann, mit dem ich mein weiteres Leben verbringen sollte. Doch würden wir es schaffen, glücklich zu werden? Würden wir diese Familie sein können, die wir uns erwarten würden?

„Mein Schatz, gehst du bitte mal kurz zu Casper?", fragte ich Cora und deutete auf ihn. Sie nickte und hatte ein wunderbares, süßes, kleines Lächeln im Gesicht. Sie sprang wie ein Pferd zu dem Mann, der sich so lange Zeit um sie sorgte.

„Moritz", sagte ich und nahm seine Hand, „Ich denke, wir sollten es Cora nicht sagen. Ich liebe Paul. Ich verbrachte mit ihm all die Jahre, seitdem ich 19 war. Er ist der Mann, mit dem ich alt werden möchte. Ich mag dich und ich verdanke dir so viel, doch sind wir uns mal ehrlich, das würde nicht funktionieren." Meine Worte waren auch für mich wie ein schwer verdaubarer Klotz im Magen, doch so wäre es das Beste.

Etwas in seinen Augen schien zu sterben. Er sah zu Boden und dann wieder in meine Augen. „Du hast vermutlich recht", bedauerte er und zog seine Hand aus meiner, „Trotzdem sollten wir versuchen, in ihrer Nähe zu bleiben. Nur für den Fall. Ich könnte es nicht noch einmal ertragen, nicht zu wissen wo sie ist. Die Zeit des Ungewissen nagte an mir – das noch einmal zu durchleben würde mich töten. Dasselbe gilt auch für dich. Ohne dich wäre ich immer noch der Mann, der in einer Einöde leben würde. Egal was da zwischen dir und Paul läuft, ich werde auf dich warten und ich werde um dich kämpfen – bis an mein Lebensende. Hörst du?"

Er gab mir einen Kuss auf die Wange und wandte sich von mir ab. Ich ging zu Casper und erklärte ihm, dass wir uns wünschen würden, er würde mit uns mitkommen – mit unserer Tochter. Er willigte ein.

So war es nun also, wir hatten es geschafft, die Menschen zu erlösen. Die Regierung wurde gestürzt. Immerhin war eine Stadt von den sechs befreit. Es war wie ein Dominostein – würde einer fallen, ist es nur eine Frage der Zeit, bis auch die anderen fallen würden.

Wir packten die Sachen und verließen das Haus. Ich war so glücklich, dass ich beinahe auf Marco vergaß.

Doch wir mussten ihn noch irgendwie finden. Ohne ihn würde ich hier nicht raus gehen.

Es war unglaublich, was sie vollbrachten. Wir hatten all das nur ihnen zu verdanken. Es stimmte – es war wie ein Dominostein. Der eine ließ die anderen fallen. Die Neue Ordnung gehörte nun der Vergangenheit an. Was von ihr übrig blieb, waren die Städte, die nun viel freundlicher waren. Parks wurden errichtet und Häuser wurden bunt gestrichen. Die Dörfer rund um die Städte wurden neu erbaut und Menschen lebten friedlich. Es gab alle Ausbildungen. Schulen wurden zu Verfügung gestellt.

Krankenhäuser wurden neu errichtet. All die Menschen, die zu arm waren, um eine Behandlung zu bezahlen, wurden gratis behandelt. Jeder bekam wieder einen Arbeitsplatz und Geld. Der Fortschritt blieb, doch die Welt verlangsamte sich wieder und jeder war glücklich, da die Schreckensherrschaft endlich ein Ende hatte. Das Tagebuch von Joline endete mit einem letzten Eintrag, der einige

Jahre nach dem Sturz der Ordnung geschrieben wurde.

Paul und ich zogen wieder in unser altes Haus ein. Wer hätte das gedacht, aber der alte Konvexspiegel überlebte sogar den Brand. Auch der Wasserhahn überlebte ihn, doch wir ließen das Tropfen beheben. Casper zog mit Cora in die Wohnung ein, in der damals Elli und ihr Sohn gelebt haben.

So konnte ich Cora immer besuchen, wenn ich wollte. Ich sah sie, als sie in die Schule ging, mit ihrem kleinen Rucksack und ich sah sie, als sie ihr erstes Mal mit einem Jungen wegging. An einem Kind sieht man, wie schnell die Zeit wirklich vergeht und dass man jeden Moment auskosten musste, als wäre er der Letzte.

Moritz arbeitete in einer Boutique an der Ecke zu Marcos alter Wohnung. Ich sah ihn beinahe jeden Tag. Ich konnte nun endlich die Ausbildung als Krankenschwester nachholen. Moritz brauchte lange Zeit um den Tod seines Onkels zu verarbeiten, doch er machte Fortschritte.

Marco wurde zu einem meiner Patienten. Als wir ihn in der Stadt auffanden, hatte er eine Schusswunde im Bauchbereich.

Durch eine Operation konnte ihm das Leben gerettet werden, doch die Ärzte stießen dabei auf einen Tumor. Er musste einmal die Woche zur Behandlung kommen.

„Bist du fertig?", fragte Paul und nahm den Autoschlüssel. „Ja", rief ich und folgte ihm nach unten. Auf der Straße trafen wir auf Moritz, Casper und Cora, die mittlerweile schon 15 Jahre alt war. Alle trugen ihre schönsten Anzüge und Kleider für den Anlass. Wir stiegen in den Wagen und fuhren zu einer Lichtung, auf der eine kleine Kapelle stand. Ein paar Menschen waren bereits dort.

Ich konnte nicht aussteigen. Paul öffnete meine Tür und reichte mir seine in weiße Handschuhe gehüllte Hand. „Ich kann das nicht", sagte ich. „Er würde es sich wünschen, das weißt du Joline." Ich begann zu weinen.

Unsere gemeinsame Zeit lief wie ein Film vor meinem geistigen Auge ab. Seine Stimme hallte in meinen Gedanken wieder. Als er mir ein italienisches Geburtstagslied vorsang, so schief als würde er mit Stimmverzerrungen arbeiten. Er war immer für mich da, rettete mich sogar aus einem brennenden Haus. Er war mein bester Freund all die Jahre lang. Ich liebte ihn wie einen Bruder.

Er war der beste Mensch auf dieser Erde, den ich jemals kennenlernen durfte und trotzdem entschied die Welt ungerecht.

„Joline", forderte Paul erneut. Ich sah ihn an und schluchzte. Ich stieg aus dem Wagen. Niemand hätte mich an jenem Tag trösten können, nur Marco selbst.

Paul zog mich aus dem Wagen und stützte mich auf dem Weg zur Kapelle. All unsere Freunde fanden sich bereits auf den Plätzen ein. Vorm Altar stand der Pfarrer. Ich bedeckte mein Gesicht mit dem seidenen, schwarzen Stoff meines Hutes.

Einen Moment blieb ich stehen, um mich zu beruhigen. Paul sah mich an und umklammerte meine

Hand. Ich ging weiter. Die Leiche lag in einem hölzernen Sarg. Ein Bild befand sich daneben. Ich sah einen Mann, der alles tat, der immer fröhlich war und der immer versuchte, alle um sich herum glücklich zu stimmen.

Mit zitternden Händen legte ich eine weiße Rose in den Sarg auf sein schwarzes Jackett. Ich nahm seine Hand. Ich wollte sie nicht loslassen. Noch nicht. Es war zu früh.

Ich wurde gebeten mich zu setzen, um mit der Zeremonie beginnen zu können. Ich sollte eine Rede halten. Es war schon schwer genug über ihn nachzudenken, doch über ihn zu sprechen, war schwerer, als alles andere zuvor.

„Marco war ein Freund. Er war mein bester Freund, über so viele Jahre hinweg. Ich möchte ihm danken für alles, das er je für uns getan hat, was er je für mich getan hat." Ich konnte nicht mehr weitersprechen, mich kaum mehr auf den Beinen halten. Ich setzte mich wieder.

Der Sarg wurde in die Erde gesenkt. Die letzten Worte des Pfarrers waren „Ruhe in Frieden" bevor seine Leiche vergraben wurde. Der einzige Trost für mich waren meine Freunde und meine Familie. Ich war von ihnen umgeben, dafür war ich dankbar.

Trotzdem verlor ich Marco, er erlag seiner Krankheit.

„Was ist passiert?", fragte ich meine Mutter. Laut dem letzten Eintrag lebten sie im selben Haus, warum also war ihr Verhältnis so schlecht? „Ich erinnerte mich noch genau an die Beerdigung. Es war ein sehr emotionaler Tag, da Marco vielen Menschen besonders wichtig war. Danach fuhren wir wieder zurück. Ich ging mit Casper in unsere Wohnung zurück.

Er war wie mein Vater, da ich damals nicht wusste, dass meine leiblichen Eltern nur Meter entfernt waren. Eines Tages kam ich nach Hause, ich war 18 Jahre alt. Casper war tödlich verunglückt, das wurde mir per Telefon mitgeteilt. Ich hatte nun nichts mehr, dass mich hielt, also verließ ich noch am selben Tag das Dorf.

Niemand wusste, dass ich gegangen war, wohin ich gegangen war.

Ich kann es also niemanden der beiden verübeln, dass sie nicht wie Eltern für mich da waren. Sie versuchten nur das Richtige zu tun, doch das wusste ich nicht. Ich dachte immer, dass sie mich wegstießen, dass sie mich nicht haben wollten.

Einige Jahre danach, ging ich zurück in das Dorf. Ich hatte eine Ausbildung zur Lehrerin gemacht. Ich traf auf deinen Vater und wollte mich dort niederlassen. Als ich ankam, begrüßte mich Joline. Sie war älter geworden, die Jahre setzten ihr schwer zu – der ganze Stress und die Verantwortung.

Ihr ging es nicht gut. Auf einmal wollte sie mit mir sprechen. All die Jahre hinweg war nur Smalltalk zwischen uns, doch plötzlich wollte sie mehr. Ich fühlte mich anfangs eingeengt, doch sie war immer nett zu mir.

Wir saßen in einem Café, als sie begann, mir die Wahrheit zu sagen, dass sie meine leibliche Mutter war. Ich konnte das nicht verstehen. Dass sie mich einfach all die Jahre ohne Mutter groß werden ließ. Doch jetzt verstehe ich es.
Ich war daraufhin so bestürzt, dass wir uns stritten. Ich sagte, ich würde wieder verschwinden. Sie sagte, sie hätte das alte Haus ihrer Tante renoviert und möchte es mir nun überlassen. Ich nahm es an und verließ das Dorf erneut. Das ist nun unser Haus und der See neben der Hütte, war der See, in dem ich beinahe ertrank.

Dass Moritz mein leiblicher Vater war, wusste ich bis jetzt nicht. Es tut mir so endlos leid, doch ich könnte mich nicht einmal mehr bei ihr entschuldigen."

„Ich hätte da eine Idee", sagte ich und sprang auf. Ich reichte ihr meine Hand. Widerwillig durfte ich sie aufziehen. Ich konnte mir nicht verstellen, wie schwer das für sie nun war. Wir gingen langsam zum Haus zurück.

Dad wartete bereits auf uns. „Was ist los?", fragte er und nahm Cora in den Arm, „Das Tagebuch?" „Du wusstest davon?", fragte meine Mutter stürmisch.

„Ja. Als wir in dein Dorf zogen, sprach Joline mit mir und erklärte mir alles von Paul und Moritz. Sie gab mir ihr Tagebuch und sagte, ich solle dies aufbewahren, bis sie sterben würde. Sie wollte dir selbst alles erklären, doch sie starb zu früh. Sie bat mich darum niemals auch nur ein Wort zu erwähnen.

Als ich merkte, dass Lilly das Tagebuch gefunden hat, war ich einfach nur froh. Ich wusste, dass du bald darauf alles erfahren würdest", erklärte er.

„Du warst das? Du hast es dort oben versteckt?", fragte ich verwirrt. Er nickte. „Okay, ich wollte mit Mama in das Dorf fahren, damit sie Moritz treffen kann", sagte ich, doch meine Mutter befreite sich aus meinem Griff. „Cora, glaub mir, du wirst es bereuen, wenn du ihn niemals kennen lernen würdest.

„Okay", sagte sie und stieg in den Wagen. Wir fuhren also in das Dorf, in dem sich das Leben meiner Großmutter abspielte. Es war ein eigenartiges Gefühl, dort zu sein und all das zu sehen, wovon sie geschrieben hatte. Ich lernte Paul und Moritz kennen. Beide waren freundlich und höflich. Meine Mutter sprach sich mit ihnen aus.

Ich konnte nicht beschreiben, wie gern ich Joline kennengelernt hätte. Ich hätte sie vermutlich geliebt. Doch wie es das Schicksal wollte, hatte ich nicht das Glück dazu.

In den nächsten Jahren waren wir oft auf Besuch bei meinem Großvater. Wir waren in seiner Boutique und tranken Tee. Es war, als hätte ich nun mehr Halt. Ich wusste, wer meine Familie war. Ich wusste, wir waren eine starke Familie, die immer wieder aufstand und ich wusste auch, dass wir die Welt veränderten.

Darauf war ich stolz.

„Wir verschließen die Augen vor dem, was wir eigentlich sehen wollen und sehen das, was wir nicht wollen. Manches Mal mag es nicht das Einfachste sein, doch der Weg ist bekanntlich das Ziel.

Ein Weg ohne Steine wäre der Tod und nicht einmal das ist garantiert. Die Steine schleifen langsam unser Leben zurecht und bringen es zum Glänzen."

Danke.

Kommentar der Autorin:

Ich hoffe, ich kann durch dieses Buch Menschen wachrütteln und ihnen zeigen, was passieren könnte, wenn sich unser Lebensstil nicht ändert oder gar verschlimmert.

Die Neue Ordnung basiert auf verschiedenen Verschwörungstheorien und eigenen Gedankenzügen. Es wäre verwerflich der Menschheit eine solche Entwicklung vorherzusagen, doch dieses Buch soll als Warnung fungieren.
Wir alle sind nur Menschen. Der soziale Umgang sollte uns allen nicht schwer fallen.

Ich hoffe, meine geschriebenen Worte werden niemals wahr und ich hoffe, ich täusche mich in allem, was ich denke.

Danksagung:

Insbesondere möchte ich mich bei allen Personen bedanken, die auf den ersten Seiten noch nicht erwähnt wurden. Danke an Herrn Wolfgang Mairinger, der die Printproduktion des Buches maßgeblich unterstützte. Auch besonderen Dank an unsere großartige Diplomarbeitsgruppe und an die Betreuer.

Dieses Projekt kostete uns allen einige Nerven, doch zusammen wurde es möglich. Ich hoffe weiterhin auf so wunderbare Freunde und Unterstützer zählen zu dürfen.

Es war mir eine Ehre.

Zeitfracht Medien GmbH
Ferdinand-Jühlke-Straße 7
99095 Erfurt, Deutschland
produktsicherheit@kolibri360.de